전 국토가 박물관이다.

2023년 초겨울

유 홍 준

KB080672

국토박물관 순례

1

국토박물관 순례 1

선사시대에서 고구려까지

유홍준 지음

창비

국토박물관 순례를 시작하며

1

『나의 문화유산답사기』 1권이 나온 지 30년이 되었다. 그간 국내편 열두 권을 펴냈지만 아직도 답사할 곳이 너무도 많다. 어쩌면 이제까지 쓴 것만큼 더 써야 전 국토 답사기를 완간할 수 있을 것 같다. 그만큼 우리 국토의 넓이와 깊이는 만만치 않다. 그러나 내가 이 모두를 쓴다는 것은 물리적으로 불가능한 일이다. 그렇다면 답사기를 어떻게 마무리하는 것이 좋을까.

나는 여러 생각 끝에 '국토박물관 순례'를 시작하기로 했다. 아직 답사기에서 다루지 않은 유적지를 선사시대부터 역사순으로 삼국·가야·발해·통일신라·고려·조선을 거쳐 근현대까지 찾아가는 것이다. 그리하여 즐겁게 여행을 하면서 자연스럽게 역사 공부도 겸하는 답사기를 쓰는 것이다.

이처럼 역사순으로 답사기를 펴낸다는 구상은 이미 『나의 문

화유산답사기』일본편(전5권)에서 시도한 바 있다. 일본편을 제
1권 규슈, 제2권 아스카·나라, 제3·4·5권 교토로 펴낸 것은 유적
을 통해 일본문화사를 재구성한 것이었다. 이때 나는 문화유산과
역사의 관계를 이렇게 정리한 바 있다.

"역사는 유물을 낳고 유물은 역사를 증언한다."

본래 역사는 문화유산과 함께 기억해야 그 시대의 시각적 이
미지를 구체적으로 그릴 수 있는 법이다. 그렇다고 해서 국토박
물관 순례기를 문화사로 서술하려는 것은 아니다. 각 시대를 상
징하는 대표적인 유적지를 답사처로 삼았을 뿐 기행문학으로서
답사기의 기조를 유지했다. 다만 '답사'가 '순례'로 바뀌었다.
  이렇게 『나의 문화유산답사기』가 30년 만에 진화하여 마침내
'국토박물관 순례'라는 이름으로 새로운 출발을 하게 되니 『답사
기』 제1권 서문에서 말한 첫 문장이 새삼 떠오른다.

"우리나라는 전 국토가 박물관이다."

당시 독자들은 나의 이 선언적 문구에 기쁘게 동의하면서도
반(半)은 민족적 자부심에서 나온 것으로 생각하곤 했다. 그러나
나는 실제가 그렇다는 것을 문화유산으로 증명하기 위해 지난
30년간 열두 권의 답사기를 펴냈다. 그러고도 여백이 남아 있어

이제부터 본격적으로 국토박물관 순례를 시작하게 되었으니 과연 우리나라는 전 국토가 박물관이다.

2

『국토박물관 순례』 첫 권은 구석기시대, 신석기시대, 청동기시대, 그리고 삼국시대 중 고구려까지로 구성했다. 구석기시대는 연천 전곡리 선사유적지를 답사처로 삼았다. 한탄강변에 있는 전곡리는 세계 고고학 지도를 바꾼 유명한 선사유적지로 많은 이야기를 품고 있다.

우리나라 신석기시대 유적지는 제주 고산리, 서울 암사동, 양양 오산리 등 무수히 많지만 특별히 부산 영도의 동삼동 패총을 선택했다. 영도가 일찍부터 많은 조개더미가 발견된 우리나라의 대표적인 신석기 유적지기도 하지만, '답사기'에 그간 못 적은 부산을 담고 싶은 마음도 있었기 때문이다.

청동기시대 유적지를 고르는 데는 많은 고민이 있었다. 청동기시대 집터로는 부여 송국리가 가장 유명한데 이미 『나의 문화유산답사기』 6권에서 깊이있게 다루었고, 상징적인 유물인 고인돌은 전국 각지에 널리 퍼져 있어 어느 한 곳만을 답사처로 삼기가 힘들었다. 그래서 내린 결론이 신석기시대, 청동기시대, 초기철기시대 유적지가 한곳에 모여 있는 울산 언양을 답사하는 것이었다. 언양 대곡천변에는 신석기시대 반구대암각화, 청동기시대 천전리각석, 초기철기시대 유물이 있는 울산대곡박물관 등이 모여 있어 국토박물관 순례의 선사시대 답사처로는 제격이었다.

고구려 유적지로는 북한의 평양을 이미 『나의 문화유산답사기』 4권에 담았고, 남한에 있는 대표적인 고구려 유적지인 중원 고구려비는 8권 남한강편에서 다루었기 때문에 남은 곳은 고구려의 옛 수도인 중국 만주의 환인과 집안밖에 없다. 그러나 모두가 알고 있듯 중국은 동북공정 이후 한국인의 고구려·발해 유적 답사를 통제하고 있어 지금 당장 현지를 답사하는 것은 사실상 무리다.

이에 나는 지난 세월 서너 차례 만주 땅의 고구려 유적지를 답사해온 경험 중에서 2000년 9월 『중앙일보』 창간 35주년을 맞아 각 분야 전문가 15명으로 꾸려진 '압록·두만강 대탐사단'에 단장으로 참여해 장장 14박 15일간 고구려·발해 유적을 다녀온 추억의 답사기를 쓰기로 했다. 이 탐사는 나의 예사롭지 않은 답사 인생에서 가장 가슴 깊이 남아 있는 환상의 여로였다.

이렇게 『국토박물관 순례』 첫 권을 마무리하고 곧바로 백제, 고신라, 가야 답사기를 써 둘째 권을 동시에 펴냈다. 독자 여러분의 변함없는 관심과 성원을 부탁드린다.

2023년 11월
유홍준

차례

일러두기

1. 이 책에 사용된 기호는 다음과 같다.

    〈 〉: 그림, 글씨, 조각 등의 작품 제목

    ◇ : 화첩 제목

    「 」: 글, 시, 노래 등의 작품 제목

    『 』: 책 제목

2. 2021년 11월부터 문화재 등급과 이름만 표기하고 문화재 지정번호를 붙이지 않는 방침이 시행 중이지만, 독자들이 오랜 관행에 익숙해 있는데다 문화재 관리번호는 특정한 유물을 지칭하는 고유번호의 성격을 갖고 있기 때문에 이 책에는 번호를 표기했다.

구석기시대

— 연천 전곡리 —

세계 고고학 지도를 바꾼
주먹도끼 이야기

국토박물관 순례 일번지

국토박물관 순례를 시대순으로 찾아 나서자니 그 첫 번째 답사는 당연히 구석기시대 유적지로 향한다. 한반도에서 발견된 구석기 유적지는 무려 120곳이 넘는다. 일찍이 1933년 함경북도 종성에서 구석기시대 동물 뼈와 흑요석 석기가 발견되었으나 당시 일제는 우리 역사가 일본보다 앞선다는 것을 인정하고 싶지 않아 이 사실을 덮어버렸다.

그리고 해방 후 북한에서 본격적으로 함경북도 지역의 고고학 발굴에 나서 1963년에는 웅기군(오늘날 라선시) 굴포리에서 구석기시대 유적을 발견했다. 1966년에는 평양 인근의 상원군 흑우리(黑隅里)의 검은모루동굴에서 50만 년 전(북한 학계에서는 100만

| **상원 검은모루동굴** | 우리나라에서 가장 오래된 구석기 유적으로 알려져 있다. 사진 중앙에 서 있는 두 그루 나무 위에 뚫린 검은 구멍이 동굴 입구다.

년 전)으로 추정되는 동물 화석이 발견되어 크게 주목받았고, 뒤이어 상원군 용곡리, 평양 승호구역의 만달산 등에서 구석기시대 인골이 유물과 함께 발견되어 이를 '용곡인' '만달인'이라 명명했다.

남한에서는 1964년에 연세대 손보기 교수가 공주 석장리 금강변에서 구석기시대 유적지를 발굴했고, 이어 1973년에는 제천 점말동굴에서 구석기시대 유적지가 발견되었다. 그리고 1982년에는 충북대 이융조 교수가 청원 두루봉동굴에서 구석기 유물과 함께 5세가량의 어린아이 인골을 발견했다. 이 유골의 연대측정에 대해서는 아직 학계에서 의견 일치를 보지 못하고 있지만 발굴자는 약 4만 년 전으로 추정하고 있으며, 유골은 동굴의 최초 발견자 이름을 따 '흥수 아이'라 명명되었다.

그리고 1978년 경기도 연천군 전곡리 한탄강변에서 한 미군 병사가 주먹도끼를 발견한 후 이곳에서 30년간 발굴 작업이 이어져 약 8천 점의 구석기 유물이 출토되었고, 이곳이 우리나라의 대표적인 구석기 유적지가 되었다. 특히 여기서 나온 주먹도끼는 세계 고고학 지도를 바꾸어놓았다. 이에 연천 전곡리 구석기시대 유적을 국토박물관 순례 일번지로 삼아 답사를 떠난다.

그레그 보엔과 주먹도끼

전곡리 구석기시대 유적은 한탄강이 임진강에 합류하기 직전 머리핀처럼 휘돌아가는 곳에 있다. 이 근방은 일찍부터 한탄강 유원지로 유명했고 지금도 인근에 오토캠핑장이 있다. 여기서 주먹도끼를 발견한 그레그 보엔(Greg L. Bowen) 당시 미군 상병은 미국 캘리포니아의 빅터밸리대학에서 고고학을 전공하다 2학년을 마치고 학비를 벌기 위해 1974년 공군에 입대하여 기상관측병으로 동두천 미군부대에서 근무했다.

그러던 1978년 3월 어느 날, 보엔은 영내 PX 가수인 한국인 애인과 한탄강 유원지로 데이트를 떠났다. 전곡리는 동두천에서 14킬로미터 떨어진 거리, 차로 불과 20분밖에 안 걸린다. 강변을 거닐던 연인은 코펠에 커피를 끓이려고 화톳불을 만들기 위해 강

| 그레그 보엔 | 1978년 3월 어느 날, 고고학을 전공하다 입대하여 동두천 미군부대에서 근무하던 병사 보엔은 한국인 애인과 연천 전곡리 강변을 거닐던 중 주먹도끼를 발견했다. 발견 당시의 모습을 재현하는 보엔.

돌을 주워 모았는데, 보엔은 고고학에서 배운 구석기시대 주먹도끼처럼 생긴 돌을 보고 놀라움을 감추지 못하여 애인에게 "이봐, 내가 지금 무얼 손에 들고 있는지 좀 봐!"라고 소리쳤다고 한다.

　그가 손에 쥔 주먹도끼는 아슐리안 주먹도끼(Acheulean hand-axe)와 비슷해 보였다. 아슐리안 주먹도끼는 프랑스 북부의 생타쇨(Saint-Acheul) 마을에서 처음 발견되어 이런 이름이 붙었는데, 구석기시대 뗀석기 중에서도 아주 기능적이다. 위는 둥글게 다듬고 아래는 뾰족한 날이 서도록 깎은 다음 둘레를 우툴두툴하게 날이 겹치도록 만들었기 때문에 여러모로 쓸데가 많았다. 그래서

| 보엔이 발견한 주먹도끼 | 동아시아에서도 아슐리안 주먹도끼를 사용했음을 증명한 보엔의 발견은 당시 세계 고고학 지도를 바꿔놓은 일대 사건이었다.

'구석기시대 맥가이버 칼'이라는 애칭을 갖고 있다.

이 아슐리안 주먹도끼는 약 1백만 년 전에 아프리카에 처음 나타나 유럽, 중동, 인도까지 퍼져나갔다. 이에 반해 동아시아의 자바원인, 북경원인 등은 '찍개(chopper)'를 사용했다. 그래서 하버드대학 모비우스(Hallam Movius) 교수는 구석기 문화를 아슐리안 주먹도끼 문화와 찍개 문화로 분류했다. 이것이 이른바 세계 고고학 지도의 '모비우스 라인'(Movius Line)이다. 그런 아슐리안 주먹도끼가 연천 전곡리에서 나왔다는 것이 놀랍고 신기한 일이 아닐 수 없었다.

보엔은 부대로 돌아와 나름대로 보고서를 작성하고 유물 사진을 간단한 지도와 함께 세계적인 프랑스의 고고학자인 보르드(François Bordes) 교수에게 우편으로 보냈다. 그리고 얼마 뒤 보르드 교수는 보엔에게 다음과 같은 답장을 보내왔다.

만약 이것들이 유럽이나 아프리카에서 발견되었다면 나는 의심 없이 아슐리안 문화의 석기라고 말하겠습니다. 나 자신이 직접 현장을 보고 싶은 중요한 발견입니다. 그러나 여건상 불가능하니 서울대학교로 연락해보십시오.

그리하여 보엔은 그해 4월 15일 일부러 휴가를 내어 서울대 고고학과 김원용(金元龍, 1922~93) 교수를 찾아갔다. 이에 김원용 교수는 마침 프랑스에서 구석기시대를 전공하고 돌아온 제자인 정영화 교수(영남대)를 동행하고 즉시 현장으로 달려가 유적지를 확인했다.

그리고 5월 14일 첫 지표조사를 실시했다. 조사단은 먼저 인근의 벽돌공장 주변부터 조사했다. 본래 구석기시대를 조사하는 고고학자들에게 벽돌공장은 보물창고와도 같은 곳이다. 벽돌을 만들기 위해 채취한 점토 속의 돌멩이들은 '불순물' 같은 것이어서 이를 잘 골라 버리기 때문이다. 예상대로 조사단은 여기에서 주먹도끼를 포함한 많은 석기를 찾아냈다. 정영화 교수가 이렇게 수습된 유물들을 사진과 함께 약식 보고서를 만들어 보르드 교수에게 보내자 다음과 같은 답신이 돌아왔다.

친애하는 정(영화)

나는 6월 5일자 귀하의 서신을 받고 매우 기뻤습니다. (…) 나는 그레그 보엔을 통해서 한국에서의 주먹도끼 발견에 대해 알게 되었습니다. (…) 귀하의 작업으로 그것은 아주 중요한 발견이자 굉장히 훌륭한 업적이 될 것입니다. 그것은 유명한 '모비우스 라인'을 넘어 극동아시아 구석기시대에 대한 생각을 바꾸게 합니다. (…) 이제 지질학 또는 동물(가능하다면), 지층(존재한다면)을 통해서 시기를 추정하는 것이 남아 있습니다. (…)

— 1978년 6월 10일, 우정을 담아 보르드로부터

이리하여 전곡리 유적지는 이듬해부터 세계 고고학계의 주목을 받으며 본격적인 발굴에 들어가게 되었다.

전곡리 유적 발굴조사

전곡리 유적지(국가 사적 제268호) 1차 발굴은 1979년 3월 26일에 시작되었다. 김원용 교수를 발굴단장으로 하여 서울대 박물관, 영남대 박물관(정영화), 경희대 박물관(황용훈), 건국대 박물관(최무장) 등 대학 발굴단과 국립중앙박물관, 국립문화재연구소(오늘날 국립문화재연구원)가 동참했다. 이는 경주 황남대총 발

| **전곡리 발굴조사** | 1979년 김원용 교수가 발굴단장이 되어 관민합동으로 시작된 전곡리 유적 발굴조사는 2011년 17차 발굴까지 이어졌다. 그 결과 30어 년간 8,500전가량의 유물을 수습하는 엄청난 고고학적 성과를 거두었다.

굴 이래 최대 규모의 관민 합동 발굴이었다.

이 사실은 매스컴을 통해 널리 알려졌는데, 그때 TV에서 발굴 현장을 지켜보던 박정희 대통령이 '저기 좀 도와줘라'라고 지시해 김계원 비서실장이 현장에 긴급 출동했다. 박정희 대통령은 이전 경주 천마총 발굴 때도 거액의 후원금을 주었는데 전곡리 발굴에도 특별 후원금을 내주었다. 발굴단은 이 후원금으로 사무실과 숙소로 사용할 조립식 건물을 지었다.

전곡리 발굴조사는 차질 없이 진행되어 1983년 6차 조사까지 계속 이어졌다. 주먹도끼를 비롯하여 석영이나 규암 등 단단한

강자갈을 쪼개서 만든 긁개(scraper), 밀개(end-scraper), 톱니날 석기(denticulate tool) 등 구석기시대 뗀석기들이 수습되었다. 지표에서만 약 1천 점, 발굴과정에서 약 4천 점이 수습되었다.

이후 발굴조사는 3년간 휴식 기간을 갖고 1986년 7차 조사에 들어가 1994년 10차까지 이어졌다. 이 기간에도 구석기시대 유물 2천 점을 수습했고, 유적지의 난개발 방지와 보존을 위한 조치도 마련했다. 1993년에는 조립식 건물을 유물전시관으로 개관하고 출토 유물을 일반에게 공개했으며, 이때부터 해마다 어린이날 전후 '구석기 축제'를 열었다.

이후 2000년 11차 발굴조사가 재개되어 2011년 17차 발굴로 전곡리 구석기시대 유적 발굴조사는 마감했다. 30여 년간 총 8,500점가량의 유물을 수습하는 엄청난 고고학적 성과를 거두었다. 유적 면적은 약 79만 9천 평방미터, 깊이는 지표에서 최대 8미터 아래까지 내려갔다. 추정 연대는 학자마다 견해의 차이는 있지만 약 30만 년 전으로 보고 있다. 이리하여 세계 고고학 지도에 서울은 안 나와도 전곡리는 명확히 표시되었다.

전곡리 유적지의 명암

전곡리 유적지 30년간의 발굴로 기쁜 일과 가슴 아픈 일이 교차했다. 유적지 발굴의 최대 피해자는 벽돌공장 주인이었다. 세상은 구석기시대 유적지를 발견했다고 기뻐했지만 그에게는 날

벼락이었다. 공장 주인은 백방으로 억울함을 호소했지만 당시만
해도 문화재보호법이 정비되지 않아 아무 보상도 받지 못하고 벽
돌공장 문을 닫아야 했다. 결국 그는 화병을 얻어 3년 뒤 세상을
떠났다.

세월이 많이 흘러 그의 부인인 김현옥 여사는 그런 아픔을 겪
었음에도 이를 운명으로 받아들이며 초등학교 교사를 정년퇴임
한 뒤에는 전곡선사박물관의 자원봉사자로 일주일에 두세 번씩
출근해 문화유산 해설사로 일해왔다. 박물관에 출근하는 날이 여
생을 보람있게 사는 기쁜 시간이라며 항시 곱게 단장하고 나섰다
고 했다. 지난여름(2023) 이곳을 다시 답사했을 때 김 여사를 꼭
만나고 싶어 연천군을 통해 연락해보았는데 안타깝게도 85세를
넘기고부터는 병상에 있어서 몇 해째 나오지 못한다는 쓸쓸한 소
식을 들었다.

기쁜 일은 당시 서울대 박물관 학예원으로 1차 발굴부터 내리
발굴단 간사로 참여한 배기동 전 한양대 교수 이야기다. 고고학
이라고 하면 '낭만의 고고학'을 생각하거나 영화 「인디아나 존스」
를 떠올리기도 하지만 현장 고고학자는 인적 드문 오지에서 땅
을 파는 인부나 마찬가지인 삶을 살아야 한다. 더욱이 젊은 시절
한번 발굴단에 투입되어 현장을 지켜야 하는 입장에서는 청춘을
그 땅에 다 바쳐야 한다. 배기동이 1차 발굴에 참여할 때는 20대
중반의 나이였다. 그리고 10여 년 전곡리 발굴에 매진하느라 노
총각 신세를 못 면할 것 같았는데 인연이 되려 하니 취재 온 여성

| 김현옥 여사 | 주먹도끼가 발견된 벽돌 공장의 주인은 안타깝게도 제대로 보상받지 못하고 공장의 문을 닫아야 했다. 하지만 그의 부인 김현옥 여사는 이를 운명으로 받아들이고 전곡선사박물관에서 문화유산 해설사로 자원봉사를 해왔다.

기자를 배필로 구했다. 그리고 2011년 전곡선사박물관이 개관할 때는 초대 관장이 되었고, 훗날 국립중앙박물관장을 지냈다.

발굴단장 김원용 교수는 고고학자로 생애 마지막 열정을 바치며 15년간 현장을 떠나지 않았는데 그 결말을 보지 못하고 1993년 11월 14일 타계했다. 김원용 교수는 유언으로 화장한 뒤 유골을 전곡리 유적지에 뿌려달라고 했다. 이에 그의 제자와 발굴단은 유언대로 한탄강에 산골했다(사실 이것이 불법인 줄도 모르고). 그리고 김원용 교수 1주기를 맞이하여 작은 대리석 추모비를 세웠다. 비문에는 "가족과 제자와 학문을 지극히 사랑하신 고고미술사학자 삼불 김원용 선생을 추모하며 이 비를 세운다"라고만 쓰여 있다.

그레그 보엔과 상미 보엔

나는 지난 세월 답사기를 써오면서 훗날 내가 문화재청장을 맡게 될 줄은 꿈에도 생각지 않고 유적지 관리가 부실한 것을 보

| **현장 고고학자의 삶** | 고고학이라고 하면 낭만 어린 삶이나 영화 「인디아나 존스」를 떠올리기 십지만 현장 고고학자는 인적 드문 오지에서 땅을 피는 인부나 마찬가지인 생활을 해야 한다.

면 참지 못하고 문화재청을 신랄하게 비판하곤 했다. 전곡리 선사유적에 대해서도 세계 고고학 지도를 바꾼 이 자랑스럽고 위대한 유적지가 황량한 들판에 조립식 건물의 유물전시관 하나 덩그러니 있는 것을 안타까워하는 글을 신문에 기고한 적이 있다(『중앙일보』 2003.10.23). 그런데 1년도 못 되어 2004년 9월, 나는 문화재청장이 되었다.

문화재청장이 되면서 나는 말값을 해야 한다는 생각보다는 국가 문화재 관리자로서 책임감을 느껴 전곡리 유적지의 상황을 점검하고 곧바로 몇 가지 조치를 취했다. 먼저 유적지 관리 계획을 보니 이미 종합정비 기본계획안이 마련되어 있었다. 나는 계획

안대로 추진되어 전곡선사박물관이 세계적인 유적지에 걸맞은 건축물이 되어야 한다는 생각에서 당시 손학규 경기도지사를 만났다. 손학규 지사는 용인의 백남준미술관 건립을 국제설계공모로 추진한 바 있는데, 여기서 독일인 여성 건축가 키르스텐 셰멜(Kirsten Schemel), 마리나 스탄코비치(Marina Stankovic) 두 명이 그랜드 피아노 형상으로 설계한 작품이 당선되어 국제 건축계에서 주목받았다. 손 지사는 전곡선사박물관 건축도 국제설계공모로 시행할 것을 약속했고 나는 국비 지원을 약속하여 이후 일사천리로 사업이 추진되었다.

그리고 김규배 당시 연천군수에게 내가 연천군민들을 대상으로 전곡리 유적지에 대한 강연회를 가질 수 있게 해달라고 했다. 유적지 관리에서 가장 중요한 것 중 하나가 그곳 문화재에 대한 주민들의 명확한 인식과 자부심이기 때문이었다.

사실 나는 연천과 간접적으로 인연이 있다. 나의 외갓집은 포천시 신북면 금동리로 연천군 청산면과 맞닿아 있다. 어려서 방학 때 외갓집으로 놀러 갈 때면 주로 포천시 신읍에서 고갯길을 넘어 걸어갔지만, 어떤 때는 오늘날 연천군의 명소 중 하나가 된 열두개울을 건너 경원선 초성리역에서 기차를 타고 돌아왔다. 초성리역 바로 위가 전곡역, 바로 아래가 동두천역이었다.

연천군에서 강연한 뒤 나는 연천군수에게 전곡리 구석기 축제 때 그레그 보엔을 꼭 초청하라고 했다. 그리고 외국인을 초청할 때는 부부를 함께 모시는 것이 외교적 의전(儀典, protocol)이라고

| **보엔 부부** | 2005년 5월 그레그 보엔과 상미 보엔 부부는 구석기 축제에 초청되어 29년 만에 전곡리를 다시 찾았다.

했다. 한국인으로 살아가면서 항시 미안함을 느끼는 것 중 하나는 한국을 위해 애쓴 외국인들을 우리가 좀 더 가까이 모시며 감사하는 마음을 표시하지 못해온 것이었다. 사실 고고학에서 최초 발견자가 갖는 위상은 절대적이다. 만약에 그가 전곡리 유적지를 '보엔 유적지'라고 명명했다면 우리는 그대로 따라야 하는 것이다.

그리하여 2005년 5월 보엔 부부는 어린이날 구석기 축제에 초청되어 전곡리에 오게 되었는데, 너무도 반갑게도 그의 부인은 한탄강 유원지에서 데이트하던 바로 그분이었다. 그레그 보엔과 상미 보엔(원명 이상미) 부부는 29년 만에 전곡리를 다시 오게 된 것을 그렇게 기뻐할 수 없었다.

그레그 보엔은 전곡리에서 주먹도끼를 발견한 바로 그해 (1978) 군에서 제대한 뒤 미국으로 돌아가 애리조나 주립대학에서 고고학 공부를 계속하여 1981년에 석사학위를 받은 뒤 1988년부터는 나바호 원주민 보호구역의 발굴책임자로 일했다고 한다. 그러다 1998년 악성 관절염에 걸려 애리조나주 투산에서 부부가 외동딸 섀넌과 함께 살고 있다고 했다.

그레그 보엔이 아내와 함께 구석기시대 복장을 하고 밝은 표정으로 축제에 참가하자 기자들이 감회를 물었다. 그는 자신이 주운 주먹도끼 하나가 이렇게 훌륭한 유적지가 되어 축제에 많은 사람들이 찾아오는 것이 놀랍고 고맙기만 하다며 이렇게 말했다.

"한국이 내 인생에 큰 선물 두 가지를 주었는데 하나는 주먹도끼이고 하나는 나의 아내 상미 보엔입니다."

전곡선사박물관의 건립

전곡선사박물관의 건립은 차질 없이 진행되었다. 유적지의 학술적 뒷받침을 위한 국제학술심포지엄(2006.3.16~18)도 개최되었다. 7개국 250명이 참가하는 대규모 학술대회였다. 국제설계공모는 국제건축가연맹(UIA)의 공인 아래 한국박물관건축학회(현 한국문화공간건축학회) 주관으로 시행했다. 2006년 3월 24일 작품 접수 마감 당시 48개국에서 모인 응모작은 총 346건이나

| **전곡선사박물관** | 전곡선사박물관의 건립은 국제설계공모를 통해 당선된 프랑스의 여성 건축가 아누크 르장드르의 설계로 이루어졌다. 아누크는 건축 설계의 제목을 '선사시대로 통하는 문'으로 소개하며 과거와 미래의 연결을 주제로 삼았다.

되었다(아시아 131, 유럽 169, 남북 아메리카 37, 아프리카 5, 오세아니아 4). 그리고 2006년 4월 당선작으로 프랑스의 여성 건축가 아누크 르장드르(Anouk Legendre)의 작품을 선정했다(공식적으로는 설계사무소 대표인 니콜라 데마지에르Nicolas Desmazières의 설계로 되어 있다).

　아누크 르장드르는 전곡선사박물관을 구상하면서 한국 전통 건축이 배산임수로 자연과 조화하는 특징을 반영하여, 스카이라인을 간섭하지 않고 건물의 높이를 최대한 낮추며 지형에 따라 펼쳐지는 형태를 취했다. 건축 설계의 제목을 '선사시대로 통하

| **선사시대로 떠나는 은빛 타임머신** | 달나라로 떠나는 우주선을 연상케 하는 외관의 전곡선사박물관은 관람객 응모를 통해 '선사시대로 떠나는 은빛 타임머신'이라는 애칭을 갖게 됐다. 연천군의 자랑이자 국토박물관의 긍지다.

는 문'으로 하여 과거와 미래의 연결을 주제로 삼았다고 한다. 전곡선사박물관은 관람객 응모를 통해 '선사시대로 떠나는 은빛 타임머신'이라는 애칭도 갖게 되었다.

　아누크의 설계는 구석기시대 유적지 박물관이면서도 역으로 미래의 모습을 담는 파격적인 구상으로 외관도 티타늄 금속제를 사용한 자못 '실험적'인 작품인데, 그는 이것이 당선작이 되어 그대로 실현된 것이 건축가로서 너무도 기쁘고 놀라웠다고 했다. 아누크는 이 전곡선사박물관으로 유명해져서 이후 이와 비슷한 개념으로 설계한 프랑스 보르도의 와인박물관 등 국제 공모에 당선했다고 한다. 2011년 4월 25일 개관한 전곡선사박물관은 2012년 한국건축문화대상 건축물부문 우수상, 2013년 올해의 건축 베스트 7, 2016년 제8회 대한민국 생태환경건축대상 최우수상 등 여러 건축상을 수상했다.

전곡선사박물관의 개관식에도 보엔 부부를 초청했으나 그레그 보엔은 2년 전인 2009년에 세상을 떠났다는 소식이 돌아왔다. 부인 상미 보엔은 홀로 참석하면서 남편 그레그가 고고학자로 살아오면서 남긴 유품들을 전곡선사박물관에 기증했다.

구석기시대 뗀석기

'선사시대로 떠나는 은빛 타임머신'은 유선형을 그리는 금속 건물로 언제나 햇빛을 받아 밝게 빛나고 있다. 평면은 크고 작은 2개의 주머니가 마치 아메바처럼 이어진 구조지만 정면관(파사드)은 달나라로 가는 우주선을 연상케 한다. 내부는 지상 2층, 지하 1층으로 연면적 5천 제곱미터 규모이며 상설전시실, 기획전시실, 고고학 체험실, 다목적 강당, 도서실 등을 갖춘 쾌적한 복합문화관으로 제법 큰 규모다. 시(市)도 아닌 군(郡)에, 그것도 휴전선을 맞대고 있는 이 외진 고을에 이처럼 멋지고 당당한 박물관이 있다는 것은 연천군의 자랑이자 국토박물관의 긍지다.

상설전시실로 들어가면 입구 정면에 그레그 보엔이 처음 발견한 주먹도끼 5점이 독립 유리장 안에 '거룩하게' 전시되어 있다. 이 주먹도끼들이 세계 고고학 지도를 바꿔놓았다는 사실이 흥미롭기만 하다. 사실 아슐리안 주먹도끼 유무로 모비우스 라인을 설정한 데에는 유럽에 비해 동아시아가 문화적으로 뒤처진 상태였음을 강조하는 백인우월주의가 은연중 밑바탕에 깔려 있었던 것인데 이 주먹도끼가 그것을 보기 좋게 허물어버린 것이다.

그렇게 유명한 주먹도끼지만 아무리 보아도 깨진 강자갈 돌멩이에 불과하다. 그러나 이는 그냥 '깨진 돌'이 아니라 '깨트려 만든 돌연장'이라는 사실이 중요하다. 즉 행위에 목적이 들어 있었음을 말해준다. 여기에는 생각할 줄 아는 동물인 인간의 사유능력이 작용한 것이다. 이 초보적인 석기 공작 능력이 발달하고 발전하여 오늘날 컴퓨터도 만들고 달나라로 가는 로켓도 만들고 있다.

이성적 사유능력, 이것은 모든 동물과 구별되는 인간의 가장 중요한 특징이자 자랑이다. 이성의 탄생에는 경험의 축적, 시행착오, 상대평가 등이 결정적 역할을 했다. 독버섯을 먹으면 죽는다는 사실은 먹고 죽는 것을 본 경험의 축적으로 알게 되었다. 짧은 막대기보다 긴 막대기가 더 높이 달린 열매를 딸 수 있다는 생각은 초보적인 상대평가였다. 특히 인류는 시행착오를 두려워하지 않아 끊임없이 자연을 개조하면서 동시에 자기 자신도 개조해가며 오늘날 우리에 이르렀다.

그리하여 호주의 고고학자 고든 차일드(Gordon Childe)는 자

| **주먹도끼(왼쪽)와 찍개(오른쪽)** | 세계적으로 전기 구석기시대를 대표하는 석기로는 주먹도끼와 찍개가 있다.

신의 저서 제목을 '인간이 인간을 만들었다'(Man makes himself) 라고 했다. '깨트려 만든 돌연장'인 주먹도끼가 갖는 의미는 이렇게 큰 것이다. 그러나 여기까지 오는 데 무척 긴 시간이 걸렸다. 인류는 자신의 역사를 통틀어 99%의 시간을 구석기시대로 보내야 했다.

창조론과 진화론

전곡선사박물관이 지닌 큰 의의는 주먹도끼 자체보다도 이를 계기로 인류가 진화해온 길고 긴 역정을 생각하며 공부하는 계기를 준다는 것이다. 그래서 상설전시실 안에는 현생인류인 호모 사피엔스(Homo sapiens)의 등장까지 인류가 진화해온 길고 긴 고난의 역정을 단계별로 보여주는 고인류의 대행진이 연출되어 있다. 총 14 개체의 화석인류를 과학적인 방법을 통해 복원한 인간 모형을 전시하고 있는 것이다.

인간의 역사에 대해서는 여러 학설이 있고 최근까지 수정에 수정이 가해지고 있다. 18세기까지만 해도 서양인들은 인간의 역사를 6천 년 정도로 생각해왔다. 17세기 영국의 신부 토머스 어셔(Tomas Asher)는 구약성경 『창세기』와 신약성경 복음서에서 아담과 이브가 등장하여 셋을 낳고, 셋이 에노스를 낳고… 9대손 노아의 방주 이후 아브라함부터 다시 시작하여 이집트로 갔다가 모세의 출애굽을 거쳐 예수 그리스도가 탄생할 때까지 76대를 이어오는 과정을 역으로 계산하고서는 기원전 4004년에 하나님이 천지를 창조했다고 계산해냈다. 참으로 대단한 집념의 역산이었다. 이후 캐서린 교구의 라이트풋(Lightfoot) 주교는 이를 다시 면밀히 계산해보고는 기원전 4003년 10월 24일 오전 9시에 천지창조가 이루어졌다고 수정했다.(리차드 리키『오리진』, 김광억 옮김, 학원사 1983)

그러나 찰스 다윈(Charles Darwin)이 『종의 기원』(1859)을 펴내면서 인간도 동물계의 한 종(種, species)으로 진화해왔다는 진화론을 주장한 이후로는 많은 고인류학자들이 호모(Homo)라는 종의 진화 과정을 연구하기 시작했다.

인류 진화의 대행진

전시장의 인류의 대행진에서 맨 처음 나오는 화석은 아프리카 내륙 차드의 사막에서 발견된 700만 년 전 인류 투마이(Toumaï)다. 투마이는 현지어로 '삶의 희망'이라는 뜻이다. 침팬지보다 약간 작은 머리에 두드러진 눈두덩이 특징이다.

두 번째로는 오스트랄로피테쿠스(Australopithecus)가 나온다. '오스트랄로'는 남쪽이라는 뜻이고 '피테쿠스'는 원숭이라는 뜻이다. 360만 년 전의 이 '인간 비슷한 원숭이'의 대표적인 화석은 1974년 미국과 프랑스 합동 조사단이 에티오피아에서 발견한 키 107센티미터, 몸무게 약 28킬로그램의 여성 화석인데, 이를 발견할 때 마침 발굴단의 카세트에서 비틀즈의 노래 「Lucy in the sky with diamonds」가 흘러나와 '루시'(Lucy)라고 명명했다.

세 번째는 유인원 단계를 거쳐 처음으로 인간(Homo)이 등장하는 호모 하빌리스(Homo habilis)이다. 약 230만 년 전부터 나타나는 호모 하빌리스는 아들, 며느리, 손녀까지 모두가 고고학자인 루이스 리키(Louis Leakey)와 메리 리키(Mary Leakey) 부부가 1959년 탄자니아의 올두바이 협곡(Olduvai Gorge)에서 175만 년 전 뗀석기와 함께 발견한 화석인데 도구를 사용할 줄 알아 '손재

| 고인류의 대행진 | 전곡선사박물관 상설전시실에는 호모 사피엔스에 이르기까지 인류가 진화해온 길고 긴 여정을 단계별로 보여주는 고인류의 대행진이 연출되어 있다. 총 14개체의 화석인류를 과학적인 방법으로 복원한 모형을 전시한 것이다.

| 1 투마이 | 2 오스트랄로피테쿠스 |

주 있는 인간'(handy human)이라는 뜻으로 붙여진 이름이다.

네 번째는 약 200만 년 전 아프리카에 등장한 호모 에렉투스 (Homo erectus)이다. 직립원인(直立猿人)이라 불리는 이 호모 에렉 투스는 약 100만 년 전부터 아프리카가 사막화되어 오늘날 보는 바와 같이 식물들이 듬성듬성 서식하는 사바나(savanna) 지역으 로 변해가자 아프리카를 떠나 새로운 터전을 찾아 유라시아 대륙 으로 이동해갔다. 전시장에 모형으로 진열된 자바원인, 북경원인 등이 모두 호모 에렉투스이다. 다만 아쉽게도 30만 년 전의 전곡 리인은 화석이 발견되지 않아 볼 수 없다.

호모 에렉투스는 엄지발가락이 발달하여 직립보행에 적합한

| ③ 호모 하빌리스 ④ 호모 에렉투스 |

신체구조를 하고 있었고, 뇌의 부피도 전에 없이 컸다. 이는 두뇌 신경조직이 발달했음을 의미한다. 마치 컴퓨터의 용량이 커진 것과 같은 효과다. 이들은 신체적 능력과 도구 면에서 우수했고 불을 사용할 줄 알았기 때문에 사냥을 비롯하여 식량을 획득하는 기술도 뛰어났다. 호모 에렉투스는 10만 년 전까지 지구상 곳곳에 존재해왔던 것으로 추정되고 있다.

중기·후기 구석기시대

구석기시대는 전기·중기·후기로 나누는데 전기는 300만 년

| ⑤ 네안데르탈인 ⑥ 용곡인 |

전 호모 하빌리스부터 10만 년 전 호모 에렉투스까지의 문화를 말한다. 중기 구석기시대는 네안데르탈인(Neanderthals)이 15만 년 전 유럽과 아시아에 남긴 문화다. 그리고 후기는 4만 5천 년 전부터 1만 년 전 신석기시대로 들어가기 이전까지 호모 사피엔스가 남긴 문화를 말한다.

중기 구석기시대를 연 네안데르탈인은 독일 뒤셀도르프와 가까운 네안더(Neander) 계곡에서 처음 화석이 발견되어 붙여진 이름이다. 독일어로 탈(tal)은 계곡이라는 뜻이다. 네안데르탈인은 약 13만 년 전 리스 빙하기가 끝나면서 유럽, 중앙아시아, 중동 지역, 시베리아의 알타이 지역까지 퍼져 살았다.

네안데르탈인은 보다 훌륭한 석기를 제작할 줄 알아 나무에 연결한 창으로 사냥을 했으며, 초보적인 언어도 사용했고, 장신구를 몸에 지니기도 했다. 이라크의 한 동굴에서는 죽은 이의 시신에 엉겅퀴, 백합, 국화꽃 등을 뿌리는 장례문화를 보여주었다.

네안데르탈인은 현생인류인 호모 사피엔스(슬기사람)와 공존하다가 약 3만 년 전에 사라졌다. 호모 사피엔스는 약 20만 년 전 아프리카에서 등장하여 4만 5천 년 전에 유럽과 아시아에 나타난 것으로 보이는데, 인류 진화의 마지막 단계다. 이들이 남긴 문화가 후기 구석기시대이다. 호모 사피엔스는 지구 전역에 퍼져 살았다.

호모 사피엔스가 살던 시절 지구상엔 마지막 빙하기가 있었다. 아시아 북부와 동유럽은 동토의 땅이 되어 매머드가 많이 살았다. 호모 사피엔스는 이를 잡아 식량으로 삼고 가죽을 벗겨 옷을 해 입고 매머드 뿔을 엮어 움막을 짓고 살며 추위를 견뎌냈다. 전시장에는 그 처절한 추위와의 싸움을 인류의 대행진 한쪽에 장식해놓았다.

호모 사피엔스는 효율적인 도구를 제작하고, 완벽한 언어 소통이 가능하여 사회조직을 이루었으며, 그중 하나인 크로마뇽인(Cro-Magnons)은 동굴벽화까지 그렸다. 전시장 한쪽에는 동굴벽화실이 따로 마련되어 있다.

상설전시실의 인류의 대행진 맨 마지막에는 북한에서 발견된 호모 사피엔스 용곡인과 만달인이 당당히 걸어 나오고 있다.

인류 진화의 새로운 이해

인류의 진화 과정은 오랫동안 오스트랄로피테쿠스→호모 하 빌리스→호모 에렉투스→네안데르탈인→호모 사피엔스와 같 이 단계적으로 발전해왔다고 생각되었다. 그래서 교과서를 비롯 한 역사책마다 침팬지부터 구부정한 유인원이 점점 허리를 펴며 걷다가 마침내 현생인류의 모습이 되는 과정을 삽도로 그려 넣곤 한다. 이와 연관해 재미있는 얘기 하나를 들었다. 어느 군대의 헌 병대 영창 복도에는 이 인류 진화 과정을 그려놓은 벽화가 있다 고 한다. 죄수를 가두는 감방에 이 벽화를 그려놓은 내막은 '사람 이 되라'는 뜻이었다고 한다. 그런가 하면 서울 강남 어느 거리를 지나갈 때, 인간 신체 발전의 최종 단계는 자유로운 몸놀림인 댄 스라는 의미를 담은 댄스스포츠 아카데미의 간판 그림도 보았다.

그러나 고인류학에서 유전자 분석 방식이 도입되면서 인류는 단일 계보로 진화한 것이 아니라 그때마다 여러 비슷한 종들이 혼재해 살아오면서 생성·소멸한 것으로 보고 있다. 그래서 지구 상에는 최소한 25종의 호모가 등장했다고 생각하고, 비슷한 유 형을 끼리끼리 묶은 '계통수(系統樹)'로 인류 진화 과정을 이해하 고 있다.

네안데르탈인이 3만 년 전에 사라진 것도 한동안은 호모 사피 엔스에 의해 멸종당했기 때문이라고 생각했는데 고유전학이 등 장하면서 네안데르탈인이 정복당한 것이 아니라 호모 사피엔스

| **인류 진화의 최종 단계는 댄스?** | 어느 날 서울의 거리를 지나던 중 인류 진화의 최종 단계는 자유로운 몸놀림을 보여주는 춤이라는 의미의 댄스 스포츠 아카데미 간판 그림을 보았다.

와 한동안 공존했음이 증명되었다. 아무튼 호모 사피엔스는 최후로 남은 현생인류로, 3만 년 전부터 지구상에 인류는 호모 사피엔스 단일종만이 살아가고 있다.

고유전학의 창설자 가운데 한 사람인 스웨덴의 스반테 페보(Svante E. Pääbo) 박사는 네안데르탈인 DNA의 염기서열을 해독하여 호모 사피엔스의 DNA 중에 네안데르탈인의 유전자가 1~4% 들어 있음을 밝혀냈다. 그리고 2010년 시베리아에 있는 데니소바 동굴에서 발견된 손가락뼈에서 추출한 DNA를 분석한 결과 지금까지 발표된 적이 없는 또 다른 멸종 고인류임을 밝혀내고 '데니소바인'이라고 명명했다. 스반테 페보 박사는 2022년 '멸종한 유인원의 게놈과 인간 진화의 연관성에 대한 연구'에 기

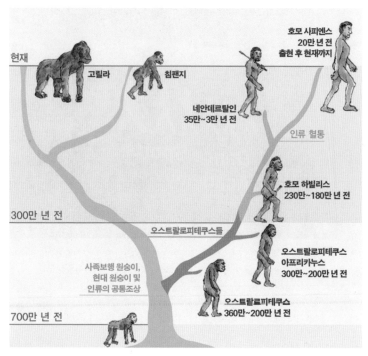

현재

고릴라   침팬지

호모 사피엔스
20만 년 전
출현 후 현재까지

네안데르탈인
35만~3만 년 전

인류 혈통

호모 하빌리스
230만~180만 년 전

300만 년 전

오스트랄로피테쿠스들

오스트랄로피테쿠스
아프리카누스
300만~200만 년 전

사족보행 원숭이,
현대 원숭이 및
인류의 공통조상

오스트랄로피테쿠스
360만~200만 년 전

700만 년 전

| **인류의 진화나무** | 유전자 분석 방식의 도입으로 고인류학계에서는 인류가 단일 계보로 진화한 것이 아니라 때마다 여러 종이 혼재해 살아오면서 나무가 가지를 뻗는 모양으로 생성·소멸했다고 보고 있다.

여한 점을 인정받아 노벨생리학·의학상을 수상했다.

이건청의 '귀향시편'

전곡선사박물관에 와서 원시인의 화석으로 복원된 인류 진화의 모습을 일별하노라면 누구든 오늘날 우리가 있기까지의 긴 여

정에 대한 무언가의 상념이 떠오르게 마련인데, 오늘날 현대인의
삶이 고달파서인지 자연 속의 한 분자로 파묻혀 살던 유인원 시
절로 돌아가고픈 마음도 생겨난다. 그런 감정을 이건청은 '귀향
시편' 연작에서 이렇게 노래했다.

이제 나
돌아가고 싶네
300만 년쯤 저쪽
두 손 이마에 대고 올려다보면
이마와 주둥이가 튀어나온,
엉거주춤 두 발로 서기 시작한,
130cm쯤 키의 유인원,
오스트랄로 피테쿠스 아파란시스,
고인류학자들이
최초의 homo속(屬)으로 분류한
그들 속에 돌아가 서고 싶네
학력, 경력 다 버리고
그들 따라 엉거주춤 서서
첫 세상, 산 너머를 다시 바라보고 싶네.

안 보이던 세상 산등성이로
새로 뜨는

첫 무지개를 보고 싶네
실라캔스 몇 마리 데불고
까마득, 유인원 세상으로

나, 가고 싶네
그리운, 오스트랄로 피테쿠스 아파란시스
                        —「오스트랄로 피테쿠스 아파란시스」

야외 전시장과 토층전시관

연천 전곡리 유적은 드넓은 공원으로 조성되어 있다. 방문자센
터 주차장에서 유적지 안으로 들어가자면 어디선가 꾀꼬리 울음
소리가 연이어 들린다. 신기하여 사위를 둘러보면 전광판에 꾀꼬
리 동영상이 떠 있다. 자연과 호흡하는 선사유적지 분위기를 그
렇게 자아낸다.

길 따라 걸어 들어가면 연천의 캐릭터인 고롱이, 미롱이, 연천
이가 맞이한다. 고(古)롱이는 과거, 미(未)롱이는 미래, 연천이는
연천을 상징한다. 비탈진 길 양옆은 구석기 축제가 열리는 넓은
광장으로 조성되어 있고, 곳곳에 구석기시대 유적임을 알리는 여
러 조각물들이 설치되어 있다. 주먹도끼를 들고 사냥하는 사람도
있고, 잡은 짐승을 둘이서 어깨에 메고 오기도 한다. 화톳불을 피
우고 식사를 준비하는 모습도 있고, 짚으로 만든 움막들도 있다.

| **야외 전시장** | 한때 발굴 현장이었던 곳은 모두 흙으로 덮여 있고 구석기시대 숲, 야생초 꽃밭 등이 조성되어 있다. 넓은 광장에서는 해마다 구석기 축제를 연다.

상설전시실에서 보게 될 '루시'의 조각상도 있고, 매머드 뼈로 만든 움집도 있다.

　길이 인도하는 대로 비탈길을 오르다 언덕마루에 이르면 전곡선사박물관이 밝은 은빛을 발하고 있다. 과연 '선사시대로 떠나는 은빛 타임머신'이라는 애칭을 가질 만하다. 과거와 미래의 만남, 인공과 자연의 강렬한 대비 속에, 박물관 저 멀리로는 휘돌아가는 한탄강 옆에 들판이 아늑히 펼쳐져 있다.

　전곡리 유적 발굴 현장은 모두 흙으로 덮여 있고 축제 마당 외 구역은 구석기시대 숲, 야생초 꽃밭이 그 나름으로 장관을 이루

| 매머드 뼈 움집 | 전곡선사유적지에는 곳곳에 주먹도끼를 들고 사냥하는 사람들, 짚으로 만든 움막, 매머드 뼈로 만든 움집 등 구석기시대 유적임을 알리는 여러 조각물이 설치되어 있다.

고 있다. 발굴 피트(pit, 구덩이)를 보여주는 곳이 둘 있다. 하나는 '층위전시관'이다. 박물관 위쪽 언덕에 있는 이 층위전시관은 2002년 발굴 피트(E55S20)를 그대로 남겨둔 것으로 8미터 깊이의 땅속이 고운 모래층, 퇴적층, 점토성 퇴적물 등의 토층 구조를 잘 보여주고 있다. 그러나 이는 학술 목적으로 보존·관리하고 있는 시설이고 일반 관람객을 위해서는 2006년에 개관한 토층전시관이 있다.

　토층전시관은 1981년 4차 발굴 당시 파내려간 지층을 특수화학 처리해 재현한 곳이다. 깊이는 북동쪽이 1.7미터, 남쪽이 약

| **토층전시관** | 1981년 4차 발굴 당시 노출된 지층을 재현한 토층전시관은 발굴 관련 사진, 3D 영상물, 20여 점의 출토 유물을 전시해 유적 발굴 현장을 실감나게 보여준다.

3미터로 3차와 4차 발굴시 조사된 현장 그대로의 모습이다. 내가 글로 아무리 잘 설명하려고 해도 독자들은 이해하기 힘들 것이지만 아무튼 설명하자면, 맨 아래층은 약 50센티미터 두께로 모래질 점토층을 이루고, 그 위는 약 50센티미터의 적색 점토층과 약 60센티미터의 황적색 점토층으로 갈라지며 맨 위는 식물뿌리들이 섞여 토양의 부식이 일어나 흙의 빛깔과 점성에 차이가 나는 황색 점토층으로 되어 있다.

전시관은 발굴 관련 사진, 3D 영상물, 그리고 주먹도끼, 긁개, 몸돌 등 20여 점의 출토 유물로 일반 관람객들의 이해를 도와준

| 연천 전곡리 유적 주먹도끼 발견지 | 이 안내판은 그레그 보엔이 최초로 주먹도끼를 발견한 지점을 가리키고 있다.

다. 이를 보면 고고학 발굴이라는 것이 어떤 환경에서 어떻게 이루어지는지를 실감할 수 있고, 동시에 여기가 진정 전곡리 구석기 유적지임을 확인하게 된다. 토층전시관 한쪽에는 발굴단장 김원용 선생의 기념실이 꾸며져 있어 선생의 사진, 저서, 그림, 글씨 등이 전시되어 있다.

토층전시관을 나와 주차장 쪽으로 발길을 옮기면 자연히 어떤 면에서는 전곡리 유적에서 가장 중요한 곳이라 할 안내판을 만나게 된다. 이 안내판은 그레그 보엔이 최초로 주먹도끼를 발견한 지점을 가리키고 있다. 지금은 행로가 되어버렸지만 안내판에 있는 사진을 통해 능히 상상해볼 수 있다. 참으로 고마운 분의 아름다운 이야기를 다시 한번 새기며 유적지를 떠나게 된다.

삼불 김원용 선생

일반인들의 관람은 토층전시관에서 끝나게 되겠지만 나는 한때 발굴단 사무실과 숙소로, 나중에는 전곡구석기유물전시관으로 사용되었던 조립식 건물로 향하게 된다. 생김새야 조립식 건물 그 이상일 것이 없지만 이 건물 한쪽으로 김원용 선생의 추모비(1994)와 동상(2017)이 있어 여기에 들러 예를 올린다.

김원용 선생은 우리나라 고고학의 기틀을 세우신 학자이자 수필가이고 문인화가였다. 학자로서는 대단히 엄격했지만 제자 사랑이 남달랐고 인간미가 넘치는 분이어서 존경하고 따르는 이가 많았다. 강단 밖 제자들에 대해서도 똑같은 관심과 배려를 아끼지 않았다. 나에게는 감은사 사리함의 신장상을 직접 그려 쌍낙관하여 보내주었고, 작고하기 3개월 전 병상에 있으면서도 『나의 문화유산답사기』 발간을 축하하는 엽서를 보내주었다.

김원용 선생은 1922년 평안북도 태천군 출신으로 호를 삼불(三佛)이라고 했다. 조그만 자가를 마련했을 때 아내, 장남과 셋이 사는 것에 자족하며 삼불암이라고 지은 것에서 유래한다. 삼불 선생은 일제강점기 경성제국대학(현 서울대) 법문학부에서 동양사를 전공하고 1945년 졸업한 뒤 국립중앙박물관에서 근무했다. 한국전쟁 후 1954년 미국 뉴욕대학에 진학해 미술사학 박사과정

| 옛 전곡구석기유물전시관 | 한때 발굴단의 사무실과 숙소로, 나중에는 전곡구석기유물전시관으로 사용되었던 조립식 건물이다. 이 건물 한쪽에 김원용 선생의 추모비와 동상이 있다.

을 마치고 1961년 서울대에 고고인류학과가 창설되면서 고고학 교수로 부임했다. 이후 수많은 제자를 길러내며 고고학계를 이끌었다.

당시 국내 모든 주요 유적 발굴은 김원용의 책임 또는 지도 아래 이루어졌다. 1971년 무령왕릉을 하룻밤 만에 졸속으로 발굴하는 돌이킬 수 없는 실수를 평생의 과오로 뉘우치며 살았지만, 황무지나 다름없던 우리 고고학 분야의 토대를 놓은 분이라는 데는 아무 이론이 없다. 수많은 연구 보고서를 남겼고, 국내 저자로는 최초로 『한국고고학개론』(1973)과 『한국미술사』(1968)라는 통사를 펴냈다.

삼불 선생은 아주 솔직·담백한 분으로 말과 행동에 거침이 없었기 때문에 많은 일화를 남겼다. 술을 좋아해 실수도 많았는데, 예를 들어 전곡리 발굴 현장이 대통령 특별 후원금을 받은 날 기분이 한껏 좋아진 선생은 한탄강 매운탕 집에서 실컷 술을 마시고 차를 몰아 서울로 가서 또 2차로 술을 마시고는 마침내 남의 차를 들이받아 음주운전으로 경찰서에 연행됐다는 것을 자기 글에 솔직히 고백해놓기도 했다.(「고고학: 자전적 회고」, 『진단학보』제 57호, 1984)

삼불 선생은 발굴 현장 아니면 항시 교수 연구실에 있었다. 발디딜 틈 없이 책으로 꽉 찬 연구실에 에어컨도 없던 시절 여름이면 연구실 문을 활짝 열어놓고 그 앞에 무언가를 꼭 써 붙여놓았다. 이를테면 '한인물입(閑人勿入, 일 없는 사람은 들어오지 마시오)'은 기본이고, '월부 책은 안 사니 피차 시간을 허비하지 맙시다' 또는 '노크만 하고 대답이 없더라도 그냥 들어오십시오' 하는 식이다. 어느 날 찾아갔을 때는 '옆방 교수 어디 갔는지 나도 모름'이라고 쓰여 있었다.

삼불 선생의 이런 인간미는 무엇보다 당신의 수필에 잘 나타나 있다. 『삼불암수상록』 『노학생의 향수』는 수필 문학의 진수다. 그 내용은 고고학자의 자전 에세이거나 신변잡기로, 「생선·바다·지석묘」 「김덕구」 「나의 법당·유서 봉투」 등 명문이 하나둘 아니다. 그중 「죽은 사람들과의 대화」는 이렇게 시작한다.

| **김원용 동상과 〈자화상〉** | 삼불 김원용 선생은 황무지나 다름없던 우리 고고학의 토대를 닦은 학자다. 전곡선사박물관에는 발굴단장이었던 그를 기리는 추모비와 동상이 설치되어 있다. 선생은 고고학자였지만 수필과 그림에도 능했는데, 그중에서도 병상에서 그린 〈자화상〉이 최고의 명작이다.

개가 대변 보고 뒷발질하는 것은 적이 냄새 못 맡게 흙을 덮는 시늉이지만, 시체를 흙으로 덮는 것은 사람만이 할 수 있는 일이다. (…) 그런데 이렇게 애써서 만든 남의 무덤을 파헤치는 것이 고고학 임무의 하나이다.

삼불 선생은 그림을 잘 그렸고 또 즐겨 그려 지인과 제자들에게 선물하곤 했다. 실제로 선생은 두 차례 개인전을 가졌고 진짜 현대 문인화다운 명작도 한둘이 아니다. 나는 선생이 병상에서 그린 자화상을 최고의 명작으로 꼽는다. 환자 복장에 피골이 상접한 얼굴을 강한 필치로 그리고는 다음과 같은 내용의 화제를 써넣었다.

점점 밤이 도둑처럼 찾아오는데 땀과 기침이 그치지 않고 항상 미열이 난다. 술맛을 잃었고 내 목숨은 몇 달 남지 않았다. 그 모습은 비록 애처로워 보이지만 내 의지는 변함없다. 신이란 인간이 만든 조작이다. 극락·지옥 일체가 허상이고 모두 실체가 아니라고 삼불은 굳게 믿는다. 원컨대 속히 꿈에서 벗어나 이 세상을 떠나 태허의 향유지향으로 돌아가고 싶다. 1993년 7월 6일 자화상을 삼불 그리다.

지난겨울 이 글을 쓰기 위해 다시 전곡선사박물관을 찾아갔을 때 나는 선생의 동상 앞에 서서 생전의 모습을 상기하며 목례를 올리다가 나도 모르게 얼어붙은 맨땅에 큰절을 올리고 돌아왔다. 올해(2023) 9월 2일부터 24일까지 김원용 선생 탄생 100주년 기념 전시가 전곡선사박물관에서 개최되었고, 11월 14일은 삼불 선생의 30주기 되는 날이다.

연천에 가시거든

연천에는 볼거리, 공부거리가 많고도 많다. 우선 연천은 유네스코가 지정한 '연천 임진강 생물권 보전지역'이고 '한탄강 세계

| **연천 주상절리** | 연천에는 용암이 급격하게 식어서 육각 모양으로 굳은 뒤 침식을 겪은 수직의 주상절리가 발달해 있다. 그 모습이 마치 병풍을 쳐놓은 듯 아름다운 경지를 사랑한다.

지질공원'이다. 북한 강원도 평강군에서 발원하여 추가령구조곡 (楸哥嶺構造谷, 또는 추가령지구대)을 거쳐 흐르는 한탄강 유역은 신생대 화산 분출로 형성된 용암대지의 침식작용으로 주상절리가 발달하여 재인폭포, 임진강 적벽 같은 명승을 보여준다.

또 연천은 차탄천, 한탄강, 임진강이 모두 만나는 곳이어서 어디를 가나 넓은 들판에 멀리 강줄기를 품고 있고 낮은 산자락이 연이어 있어, 그 아늑하면서도 호쾌한 풍광에 가슴이 절로 열린다.

이런 지형의 특징 때문에 이곳은 삼국시대에 고구려가 남하할 때 군사상 요충지였다. 고구려는 임진강 북쪽 강변에 당포성과

호로고루를, 한탄강 북쪽에 은대리성을 쌓았는데 그 자취가 지금
도 그대로 남아 연천이 자랑하는 문화유적이 되어 있다. 이 세 곳
의 고구려 성은 모두 강변 언덕에 위치하여 적의 동태를 살필 수
있는 넓은 시계를 확보하고 있다. 그리하여 지금도 고구려 기와
편들이 흩어져 있는 이 무너진 성채의 마루에 오르면 임진강, 한
탄강, 차탄천이 맴돌아가는 아름다운 강변 풍경을 시원스럽게 조
망할 수 있다.

은대리성은 망초꽃으로 뒤덮여 있고, 호로고루에는 장대한 해바
라기밭이 조성되어 있으며, 당포성엔 목화밭이 정성스럽게 재배되
고 있다. 어느 성루에 오르든 연천에 오면 꼭 한 곳만이라도 들러

| 은대리성 마루에서 | 연천은 차탄천, 한탄강, 임진강이 모두 만나는 곳이어서 어디를 가나 넓은 들판이 멀리 강줄기를 품고 있고 낮은 산자락이 연이어 있는 아늑하고 호쾌한 풍경을 보여준다.

이 아름다운 강변 고을의 그윽한 정취를 맛보시라고 '강추'한다.

연천에는 고인돌 공원도 있고, 신라의 마지막 왕인 경순왕의 능도 있고, 고려시대 종묘 격인 숭의전(崇義殿)도 있어 그 모두 가 한차례 답사처가 되고도 남음이 있는데, 아쉽고 안타까운 것 은 미수(眉叟) 허목(許穆, 1595~1682)의 묘소와 선생이 살던 은거 당(隱居堂) 터가 왕징면에 그대로 남아 있지만 민통선 안에 있어 군부대의 허락을 얻어야만 들어갈 수 있다는 점이다. 은거당의 옛 모습은 소치(小痴) 허련(許鍊)이 그린 〈태령십청원고(台嶺十靑園

| 세 곳의 고구려 성 | 겨울의 호로고루(왼쪽 위)는 한없이 쓸쓸하지만 장대한 해바라기 밭을 조성해놓아 해마다 가을이면 꽃들이 노란빛 물결을 이룬다(오른쪽 위). 망초꽃으로 뒤덮인 은대리성(왼쪽 아래)과 복화밭을 조성해놓은 당포성(오른쪽 아래)도 있다. 특히 당포성은 시야가 탁 트여 있어 별을 감상하기 좋은 명소로 이름 나 있다.

橐)〉가 전하고 있어 능히 알아볼 수 있다.

　미수 허목은 남인의 영수로 노론의 우암 송시열과 대립했던 인물로 기록되어 있다. 그러나 그 정치적 이력 이전에 당대에 존경받는 대학자였다는 사실이 더 중요하게 다가온다. 1794년의 이야기다. 정조대왕은 이미 작고한 미수 허목의 학문과 인품에 감동하여 영의정 채제공에게 그의 초상화를 그려 오게 했다. 이에 채제공은 연천 은거당에 전해오던 미수 82세 초상을 가져와 당대 최고 가는 초상화가였던 이명기에게 모사하게 하여 바쳤다.

| **미수 허목의 묘** | 미수 허목의 묘소는 민통선 안에 있어 군부대의 허가를 받아야 들어갈 수 있다. 어서 빨리 민통선이 풀려서 연천에 오는 많은 분들이 방문할 수 있기를 바란다.

이에 정조대왕은 원본은 은거당에 돌려보내고 채제공에게는 새로 미수의 초상화를 그리게 된 내력을 써서 함께 장황(표구)하라고 비단을 내려주었다. 이것이 현재 보물로 지정된 〈허목 초상〉이다.

올해(2023) 1월 연천군민들을 대상으로 '연천의 문화유산'을 강연하러 갔을 때는 사전에 신청하지 않아 미수 선생 묘소를 알현하지 못했다. 그래서 6월에 연천통일미래포럼 주최로 앙코르 강연이 있을 때는 사전 신청을 하고 서성철 연천통일미래포럼 공동대표와 윤미숙 연천군청 팀장의 안내를 받아 마침내 참배할 수

| **미수체와 〈허목 초상〉** | 미수의 무덤 앞 묘표의 탁본(왼쪽)을 보면 '미수체'라 불리는 그의 개성적인 글씨체를 확인할 수 있다.

있었다.

민통선 안에 있는 양천허씨 종중 땅은 지금도 종중 분이 농사를 지으면서 묘소를 관리하여 어느 유명인사 묘역보다도 말끔히 관리되고 있어 감동적이었다. 무덤 앞에 있는 묘표(墓表)를 보니 선생께서 생전에 스스로 짓고 직접 써놓은 글씨를 그대로 새겨놓았다. 그 마지막에 나오는 명(銘)은 다음과 같다.

말은 행동을 가리지 못했고 행동은 말을 실천하지 못했다. 한갓 요란하게 성현의 글 읽기만 좋아했지 허물을 하나도 다듬지 못했

| 은거당 | 미수 허목이 살던 곳이다. 역시 민통선 안에 있어 군부대의 허가를 받아야 방문할 수 있다.

다. 이를 돌에 새기노니 후인들이 경계로 삼기 바란다.

　선생께서는 그렇게 겸손을 말했지만 후손들은 그렇게 생각하지 않았다. 묘표의 글씨는 '미수체'라 불리는 개성적인 고전체인데 그의 최고 명작으로 꼽히는 〈척주동해비〉보다 이 묘표의 글씨가 미수체의 진수라는 생각이 들 정도로 아름다웠다. 나는 선생께 절을 올리고 나오면서 어서 빨리 민통선이 풀려서 연천에 오는 많은 분들이 이곳을 다녀가기를 바랐다.

| **〈태령십청원고〉** | 은거당의 옛 모습은 소치 허련이 그린 〈태령십청원고〉가 잘 전하고 있다. 허목이 마당에 심어 가꾼 열 그루 늘 푸른 나무와 그가 모은 기이하게 생긴 괴석들이 표현되어 있다.

《연강임술첩》의 낭만

지금 우리는 연천이 우리에게 선사하는 자연의 아름다움을 반의반도 누리지 못하고 있지만, 1742년(영조 18, 임술년) 10월 15일 임진강 적벽에서는 듣기만 해도 부러운 뱃놀이가 있었다. 조선시대 문인에게 적벽 하면 떠오르는 것은 『삼국지』의 적벽대전보다도 소동파가 임술년(1082) 7월 기망(旣望, 보름 다음날)과 10월 보름날에 지은 「적벽부(赤壁賦)」 전후(前後) 두 편인데, 이 「적벽부」의 장면을 그대로 흉내 낸 세 사람의 뱃놀이가 그날 연천 임진강에서 있었다.

당시 경기도관찰사였던 홍경보(洪景輔)가 연천 지역으로 순시를 왔는데 마침 그곳엔 적벽이 있고 그날은 임술년 10월 보름인지라 소동파의 「후(後)적벽부」의 날짜와 장소가 일치하는 것이었다. 이에 관찰사 홍명보는 급히 파발마를 보내 휘하에 있는 연천현감 신유한(申維翰)과 양천현령 겸재(謙齋) 정선(鄭敾)을 우화정(羽化亭)으로 오게 하여 셋이서 소동파 풍으로 뱃놀이를 한 것이다. 연천현감은 당대의 시인이었고, 양천현령은 당대의 화가였다.

상관의 부름을 받은 연천현감과 양천현령은 우화정에서 만나 뱃놀이를 하면서 횡강(橫江)과 문석(文石)을 지나 해질녘 웅연(熊淵)에 정박하고 달이 뜬 뒤 파했다고 한다. 그러고 나서 겸재 정선이 이날의 뱃놀이를 기념하는 두 폭의 그림을 그렸다. 하나는 〈우화등선(羽化登船, 우화정에서 배를 타다)〉이고, 하나는 〈웅연계람(熊淵繫纜, 웅연에서 닻을 내리다)〉이다.

겸재는 이 그림을 모두 3벌 그려서 화첩으로 만들었다. 이것이 겸재 말년의 대표작 중 하나로 꼽히는 《연강임술첩》이다. 화첩에 신유한의 시를 곁들여 세 사람이 각기 하나씩 소장했다고 하는데 현재 두 첩이 전해지고 있다.

그래서 연천은 진경산수의 현장이기도 한 것이다. 회화사 연구자들은 겸재의 그림과 현재의 임진강 모습을 맞춰보려고 노력하는데 실경과 그림에는 많은 차이가 있다. 하지만 그렇다고 해서 《연강임술첩》이 진경산수로서 가치가 떨어지는 것은 아니다. 겸재는 임진강의 그윽한 풍광을 박진감 있게 표현하고 회화적으로

| **겸재가 그린 연천** | 겸재 정선은 우화정에서 시작해 웅연에 정박한 뱃놀이를 기념하는 그림을 그렸다. 《연강임술첩》에 수록된 〈우화등선〉(위)과 〈웅연계람〉(아래)이다.

재해석하여 조형적으로 완성한 것이다. 하룻밤 저녁 뱃놀이를 하고 나서 이처럼 그윽한 임진강 풍경을 그렸다는 그의 시각적 기억력이 오히려 돋보인다. 그리고 진경산수는 실경에 얽매일 때보다 실경을 가슴속의 의경(意景)으로 재해석할 때 명화가 된다는

| **오늘날의 웅연** | 그윽한 임진강 풍경을 품고 있는 연천은 진경산수의 현장이었다.

점을 이 《연강임술첩》에서 그대로 볼 수 있다. 다만 휴전선에 가로막혀 이런 아름다운 풍광에서의 뱃놀이를 지금 우리가 맘껏 즐기지 못하고 있다는 것이 억울하기만 할 뿐이다.

신석기시대

─ 부산 영도 ─

패총, 빗살무늬토기
그리고 가리비 얼굴

한반도의 신석기시대 유적

구석기시대에 이은 국토박물관 순례의 다음 행로는 당연히 신석기시대다. 지금까지 확인된 우리나라 신석기시대 유적지는 약 150곳으로 대부분 강변과 바닷가에 위치해 있다. 강변의 신석기시대 유적지로는 1925년 을축년 대홍수로 자연히 드러난 서울 암사동 유적지가 일찍부터 유명하고, 해안 유적지는 동해안의 함경북도 웅기 굴포리, 강원도 양양 오산리, 부산 영도 동삼동, 그리고 섬으로는 통영 욕지도와 제주도 고산리가 대표적인 유적이다.

이 중 어느 곳을 국토박물관 순례의 신석기시대 유적지로 삼을까 많은 고민을 한 끝에 부산 영도 동삼동 패총을 택했다. 가장

신락(新樂, 신러)

백두산 ▲

회령

무산

웅기 굴포리

심양

집안 만포

의주

양양 오산리

고성 문암리

평양

고성

동해

양양

서울

강릉

서울 암사동

공주

울산 신암리

황해

김해 부산

부산 동삼동

통영 욕지도

● 신석기시대 유적

제주 고산리

제주

| **신석기시대 유적 분포** | 지금까지 확인된 우리나라 신석기시대 유적은 약 150곳으로 대부분 강변
과 바닷가에 위치해 있다. 동삼동 유적은 한반도 신석기인들의 생활상을 가장 풍부하게 보여준다.

오래된 신석기시대 유적지는 제주 고산리로 북한 웅기 굴포리와 함께 9천 년 전까지 올라가고, 유적지가 잘 보존된 곳으로는 양양 오산리가 있다. 이에 비해 영도 동삼동 유적은 도시화되는 과정에 많이 파괴되었고 유물전시관도 길모퉁이의 자투리땅에 초라한 모습으로 명색만 유지하고 있으나, 한반도 신석기인들의 생활상을 가장 풍부하게 보여주는 곳이다.

영도 동삼동 유적에서는 초기 신석기시대의 덧띠무늬토기는 물론이고 한반도 신석기시대 토기의 보편적 양식인 빗살무늬토기도 발견되었다. 고래를 잡아먹은 자취가 있을 정도로 활발한 어로 활동의 흔적이 확인되었으며, 일본과 교류하여 날카로운 흑요석 도구를 사용하거나, 조개껍데기로 팔찌를 만들어 치장하고, 가리비로 사람 얼굴 형상을 만드는 조형 활동도 있었음을 추정할 수 있다.

특히 신석기시대 유적의 또 다른 상징인 패총(貝塚, shell midden)의 자취가 여기 남아 있다. 패총이란 신석기시대 사람들이 먹고 버린 조개껍데기나 생활 쓰레기들이 쌓인 것으로, 조개더미 또는 조개무지라고도 부른다. 한반도에서 패총이 가장 많이 발견되는 곳이 부산이다.

범방동 패총, 동삼동 패총, 영선동 패총, 조도 패총, 청학동 패총, 안남동 패총, 다대포 패총, 가덕도 패총, 북정 패총, 율리 패총……

무려 10여 곳을 헤아리게 되는데 그중 동삼동, 영선동, 조도, 청학동 등 4곳이 모두 영도 섬 안에 있으니 여기를 국토박물관 순례 2번지, 신석기시대 유적지로 삼게 된 것이다.

절영도의 목마장

영도는 부산 앞바다에 있는 제법 큰 섬이다. 면적은 14제곱킬로미터(여의도 면적의 약 5배)로, 동쪽은 동해바다, 남쪽은 남해바다이며 대한해협 건너 일본 대마도까지는 불과 50킬로미터 거리다. 현재 인구는 약 11만 명으로 대한민국 섬 중에서 제주도, 거제도, 영종도에 이어 네 번째로 인구가 많으며 인구밀도는 가장 높다.

오늘날 영도는 부산의 중심지역 중 하나로 행정구역으로도 섬 전체가 '영도구'로 되어 있지만 이는 1934년에 영도다리가 개통된 이후의 일이고, 그 전까지는 부산 외곽의 낙후된 섬으로 이름도 '절영도(絕影島)'였다. 이 절영도가 오늘날의 영도로 다시 탄생하게 되는 과정은 실로 예기치 않은 긴 이야기다. 어쩌면 부산 사람, 심지어는 영도 사람들도 다는 모르고 있을 말 목장 이야기로부터 시작된다.

절영도가 역사서에 처음 등장하는 것은 신라 태종무열왕이 여기에서 활쏘기를 하고 연회를 개최했다는 태종대(太宗臺)의 전설부터다. 비슷한 내용이지만 안정복의 『동사강목』에서는 태종무열왕이 대마도를 토벌할 때 머문 곳으로 나온다. 특히 여기서 자란 말은 워낙 빨라 달릴 때면 그림자도 안 보이게 뛰었기 때문에 끊어질 절(絶), 그림자 영(影), 절영마(絶影馬)라 불렀다고 한다. 내가 군에 입대하여 신병교육대에 도착했을 때 선임하사가 막사까지 "그림자도 안 보이게 뛰어가라!"라고 소리치길래 힘껏 달리면서 '군대용어에도 문자 속이 있구나' 생각했었는데, 그 말의 어원이 절영마에서 나온 줄은 미처 몰랐다. 나중에 절영마의 연원을 찾아보니 『삼국지』에서 조조가 타던 말이 절영마였다는 내용이 있으나 이것이 영도의 절영마와 어떤 연관이 있는지는 아직 확인된 바가 없다.

절영도는 제주도와 마찬가지로 초지가 넓고 호랑이를 비롯한 상위 포식자가 없었기 때문에 말을 키우기 적합한 곳이었다. 또 제주도에 비해 서라벌과 가깝다는 지리적 이점도 있었다. 『삼국사기』「김유신 열선」에는 성덕왕이 김유신의 공을 치하해 그의 손자 김윤중에게 절영도 명마 한 필을 선물했다는 기록이 나온다.

또 『고려사』에는 후백제의 견훤이 왕건에게 선심 쓴다고 절영마를 선물했다가 절영마가 고려로 가면 후백제가 망한다는 충고를 듣고 다시 돌려받았다는 기록이 있다. 이외에 고려시대 기록은 아직 특별히 알려진 것이 없지만 목마장이 계속되었을 것으로 추정되며 조선시대에는 국초부터 국마장이 있었음이 확인된다. 국마장에는 1년에 한두 차례 나라에서 관리가 내려와서 말을 검사하고 좋은 말에는 낙인(烙印)을 찍어 징발했다. 이때 둥그렇게 울타리를 치고 그 안에 말을 가두어 넣고 검사하여 '고리장(環場)'

| 《목장지도》 | 1678년 미수 허목이 전국의 목장 실태를 한 권에 정리한 지도첩이다. 첫 장인 〈진
헌마정색도〉에는 진헌마의 종류와 그 특징 등이 나열되어 있다.

이라 했다. 그 고리장은 지금의 봉래교차로 부근에 있었다고 한다.

임진왜란이 끝난 후 절영도는 여전히 동래부사 관할의 목마장
이었다. 일본이 다시 왜관의 설치를 요구한 1601년 나라에서는
잠시 육지가 아닌 절영도에 왜관을 설치했다가 1607년 두모포로
이전시켰다.

조선시대에 나라에서 말을 관리하는 부서는 사복시(司僕寺)인
데, 숙종 4년(1678) 당시 사복시 총책임자인 제조(提調)를 맡고 있던
미수 허목은 전국의 목장 소재를 지도에 그려 넣고 소와 말의 숫

자, 목장의 면적 등을 기재한 《목장지도(牧場地圖)》(보물 1595호)를 제작했다. 여기에 동래부 절영도는 다음과 같이 기록되어 있다.

— 동서 13리, 남북 7리, 둘레(周廻) 40리, 말 암수 도합 60필, 목 자(牧子, 말 관리인) 73명,
— 동래부에서 남쪽 30리에 있다.

이렇게 말 목장이 있었던 절영도는 일본에서 들어온 고구마의 첫 재배지가 되었다. 조엄(趙曮)은 1763년 조선통신사로 일본을 다녀올 때 대마도에서 고구마 재배법을 소상히 익힌 뒤 종묘를 가지고 와서 당시 동래부사인 강필리(姜必履)에게 종묘법을 가르쳐주어 이듬해(1764) 재배하는 데 성공했다. 그때 강필리는 고구마 재배법을 정리한 『감저보(甘藷譜)』를 저술했다. 당시에 고구마를 처음으로 심고 가꾼 곳은 영도 청학동 바닷가의 '조내기'라고 불린 마을로 전해진다. 고구마를 가져온 조엄의 '조'에 고구마를 모내기하듯 심었다고 하여 '내기'를 붙인 이름이다. 그곳에는 현재 기념비가 세워져 있다.

신선의 동네 이름과 영도다리
말 목장으로서 절영도가 역사에 새로운 모습으로 등장하는 것은 개항기인 1881년(고종 18), 이곳에 절영도진(鎭)이라는 진지

가 구축되면서였다. 절영도진은 갑오개혁 이듬해인 1895년까지 15년 동안 존속했다. 지금의 동삼동패총전시관에서 멀지 않은 동삼동 중리가 바로 그 자리다.

절영도진의 첫 첨사(僉使)로 부임한 임익준(任翊準)은 이곳에 오랫동안 근무하면서 부임 3년차 되는 1885년, 영도의 토속적인 우리말 지명을 모두 한자 지명으로 바꾸었다. 예를 들면 섬 중앙에 우뚝 솟은 산은 원추형으로 뾰족하여 고깔산(395미터)이라 불렸는데, 임익준은 동해는 본래 신선이 사는 곳이라며 이 산을 봉래산(蓬萊山)이라 명명하고는 동네 이름들도 봉래동(蓬萊洞), 영선동(瀛仙洞), 신선동(神仙洞), 청학동(靑鶴洞) 등 신선과 연관이 있는 단어로 다 고쳐놓았다.

1910년 일제강점기로 들어서면서 절영도는 새로운 운명을 맞이하게 되었다. 일제는 영도를 마키노시마(牧ノ島, 말을 키우는 목장의 섬)라고 부르면서 1914년 전국의 행정구역을 대대적으로 개편할 때 부산부에 편입시켰다. 1916년부터는 지금의 남항동 일대가 매립되기 시작하여 1926년에는 근대적인 어업항이 되었다. 그리고 배가 지나갈 때 다리 상판이 올라가는 도개교 영도대교(당시 명칭은 부산대교)가 1934년 개통되자 절영도는 부산 시가지와 바로 연결되어 천지개벽하듯 변했다.

이제 영도는 영도대교(영도다리)만 넘으면 신도시 부산의 번화가인 남포동 자갈치시장, 광복동, 중앙동 시가지와 곧바로 연결되었다. 마치 서울 강남을 개발하면서 1969년 한남대교가 개

| 1934년 개통 직후의 영도다리 | 원래 이름은 부산대교였지만 시민들은 이 다리가 영도와 연결되어 있다고 해서 영도다리라고 불렀다. 영도다리가 건설되기 전까지 영도와 육지를 잇는 유일한 교통수단은 나룻배였다.

통되자 광주군 언주면 신사동이 강남구 신사동으로 변신한 것과 같은 현상이었다. 이때 영도다리 가까이 있는 영선동에 새집들이 많이 들어서게 되면서 영선동의 신석기시대 패총은 흔적도 없이 사라져버렸다. 그리고 일본 재벌 미쓰비시와 동양척식주식회사가 1937년 절영도에 조선중공업을 설립했다. 이것이 지금의 HJ중공업(전 한진중공업)이다. 여기까지가 일제강점기의 절영도 상황이다. 그러나 일제강점기만 해도 영도는 항구 중심으로만 붐볐다.

피란민과 제주도민의 안식처

1945년 8·15 해방을 맞이하면서 해외로 나가 있던 동포들이 귀국선을 타고 돌아와 부산에 도착하여 일단 자리 잡은 곳이 절영도의 산비탈과 동래의 복천동 산자락이었다. 서울까지 올라간 사람들이 후암동 남산 아래 있던 일본군 야전부대 자리에 터를 잡아 '해방촌'을 형성한 것과 마찬가지로 절영도엔 판자촌이 난립했다.

그리고 1948년, 제주 4·3민주항쟁 때 제주도를 탈출한 주민들이 무작정 부산으로 건너와 절영도의 빈터에 자리 잡고 살았다. 본래 제주도 해녀들은 일제강점기부터 '바깥물질'로 영도에 많이 와서 일했고 또 '출향해녀'가 영도에 정착한 경우도 적지 않았다고 한다. 이민진의 소설 『파친코』의 주인공 선자가 영도 출신인 것도 이런 배경에서 나온 것이다. 지금도 여전히 해녀가 물질을 하고 있어 2019년 6월 기준 등록 해녀의 수는 동삼어촌계에 105명, 남항어촌계에 46명이다.

이런 이유로 영도엔 제주도가 고향인 사람이 많다. '2021 부산 민속문화의 해'를 맞이하여 국립민속박물관에서 간행한 '영도 민속조사 보고서' 제5권 『영도에서 본 부산의 해양문화』에서 제시하는 자료를 보면 영도 인구 12만 명 중 4만 5천 명이 제주도 출신이라고 한다. 이리하여 영도에는 제주도민회관도 있고 제주은행의 부산지점도 있으며 제주 흑돼지, 제주 자리돔 식당들도 볼 수

| **피란촌** | 한국전쟁 중에는 영도 산기슭을 따라 피란민들이 모여들어 무질서하게 판잣집을 짓고 살았다. 오늘날의 영도 도로가 좁고 위험해 보이는 데는 이런 내력이 있다.

있다. 그리고 이곳 제주 출신들은 대한과 입춘 사이에만 이사하는 제주도의 신구간(新舊間) 풍습을 지금도 지키고 있다고 한다.

1950년 한국전쟁이 터지면서 피란민들이 무작정 부산으로 내려와 자리 잡으면서 절영도는 또다시 난민촌이 되었다. 1950년 12월 24일 크리스마스이브에 흥남에서 1만 4천 명의 피란민을 태우고 온 메러디스 빅토리호(SS Meredith Victory)가 정박한 곳은 포로수용소 빈터가 있던 거제도였지만, 이 피란민들이 먹고살기 위해 도회로 나아가 부산으로 왔을 때 정착한 곳이 영도였다. 문재인 대통령이 거제면에서 태어나 영도에서 자란 것이 대표적인 예다.

피란민들은 영도에서 작고 허름한 판잣집을 산기슭 따라 짓고 살았다. 전혀 도시계획 없이 마구잡이로 집들이 들어서 있고, 산비탈을 돌아가는 도로가 좁고 위험해 보이는 데는 이런 내력이 있는 것이다.

절영도에서 영도로

제주도민과 피란민의 이주로 인구가 급증하자 부산시는 1951년 9월 1일 절영도에 출장소를 설치했는데 이때 절(絶)자를 빼고 '영도출장소'라고 했다. 마치 부산 사람들이 이름 앞 글자를 빼고 뒤 글자만 불러서 나를 '준아' 하고 부르듯 '영도'가 된 것이다. 이때부터 절영도는 공식적으로 영도가 되었다. 그리고 영도의 상징은 영도다리였다. 영도에 들어와 살고 있는 피란민들은 다리 건너 부산 시내로 일자리를 구하러 다녔다.

국립민속박물관의 영도 민속조사 보고서 제4권 『영도에 살다』를 보면 영도다리 밑에 판잣집을 짓고 살았던 피란민은 1천여 가구로 이곳은 교하촌(橋下村)이라 불렸다고 한다. 일제가 영도다리 도개교를 일본 토목기술의 상징인 양 교과서에도 소개해 누구나

| 1953년 부산항과 영도 | 인구 40만이있던 부산은 전국 각지에서 내려온 피란민들의 이주로 인구가 급격히 늘어났다.

이 다리는 들어서 알고 있었다. 또 소정 변관식이 1948년에 실경 산수화로 그릴 정도로 전국적인 명소이기도 했다. 그래서 당시 영도다리엔 헤어진 가족을 찾기 위해 팻말을 들고 다니는 사람들로 넘쳐났다고 한다. 가수 현인이 부른 「굳세어라 금순아」의 가사가 "바람 찬 흥남부두"에서 시작되어 "영도다리 난간 위에 초생달"로 끝나는 데는 이런 시대상이 들어 있는 것이다.

　그 절망의 세월엔 영도다리에서 자살하는 사람도 많아 '자살 방지 초소'가 세워졌다. 이런 불안한 세태에 영도다리 밑에는 점

| **점바치집** | 영도다리는 전국에서 모인 피란민들의 만남의 장소였고 그 아래에서는 '점바치집'
이 성행했다 미래가 불투명했던 피란민들의 처지는 점바치집의 이해와 맞아떨어졌다.

치는 집, 이곳 말로 '점바치 집'이 성행하여 많을 때는 120곳이나
있었는데 그중 '대구할머니'는 용하다는 소문이 나서 장사진을
쳤다고 한다. 그렇게 전쟁이 끝나고 다시 평화를 찾아 1957년 부
산시가 행정구역을 개편할 때 영도출장소는 당당히 영도구청으
로 승격되고 영도는 부산 6개 구(區) 중 하나가 되었다.

공포의 부산항대교
영도에 이처럼 인구가 증가했음에도 섬으로 드나드는 다리는

| 영도다리 상판이 들리던 마지막 날 | 1966년 영도다리는 도개식에서 고정식으로 바뀌었다. 8월 31일에는 다리가 들리는 모습을 마지막으로 보기 위해 엄청난 인파가 몰려들었다. 열린 다리 아래로 배 한 척이 지나가고 있다.

영도다리 하나였는데, 교통량이 폭증하면서 1966년부터는 도개식에서 고정식 교량으로 바꾸었다. 이후 영도다리 옆으로 부산대교가 놓인 것은 1980년에 와서다. 이때 영도다리의 이름을 부산대교에서 영도대교로 바꾸었다. 2013년에는 영도대교를 왕복 6차선으로 확장하면서 도개교로 복원해 개통했는데, 11월 27일 공식 재개통 행사 때는 7만여 명의 인파가 몰려들었다고 한다.

재개통 직후에는 매일 한 번씩 오후 12시에 도개를 했으나 2015년 9월에 낮 2시로 시간이 변경되었다. 관광객들은 한번쯤 재미로 볼 만한 풍경이지만 갈 길 바쁜 사람들은 도개 전후 약

| **부산항대교** | 처음 이 다리로 진입한 운전자라면 누구나 공포와 어지러움을 호소한다. 일부러 찾아오는 이들에게는 아찔한 맛을 선사하는 이 대교는 영도와 육지를 잇는 4개의 연륙교 중 하나다.

20분 정도를 기다려야 하기 때문에 많은 불편을 감수해야 했다. 도개할 때마다 발생하는 심한 소음과 진동도 문제였다. 그래서 요즘은 관광객들을 위해 볼거리를 제공하는 차원으로 매주 토요일 오후 2시에만 도개한다고 한다.

현재 영도에는 육지와 섬을 잇는 다리인 연륙교가 4개 있다. 영도대교와 부산대교를 포함해 영도 섬을 동서로 가로질러 서구로 이어지는 남항대교(2008년 개통)와 남구로 이어지는 부산항대교(2014년 개통)가 새로 놓인 것이다. 그런데 이 부산항대교의 영도 쪽 진입로는 도로 폭이 좁은 일차선을 가파른 경사로로 360도 한 바퀴 회전하게 되어 있는데, 약 40미터 아래로 바다가 있어 천길 낭떠러지 허공에 매달린 것 같아 '공포의 도로' '부산 롤러코스터'라고 불린다. 처음 이 다리로 들어선 운전자라면 한결같이 공포와 어지러움을 느껴 속이 울렁거린다고 호소하기도 한다. 실제로 전라도에서 왔다는 한 운전자는 멋모르고 이곳에 진입했다가 공황에 빠져 도저히 못 가겠다고 그냥 차를 도중에 세워놓고 울면서 걸어 내려와 진입로를 막아놓기도 했다. 이 뉴스를 접한 부산시민들은 운전자를 나무라기는커녕 초행길에 당황했을 그 심정을 이해한다고 동정을 보냈다고 한다.

그러나 MZ세대들은 오히려 이런 스릴을 즐기기 위해 일부러 차를 몰고 오기도 하고, 이곳을 지나는 부산 시티투어 버스를 타고 맨 앞쪽 운전석 옆자리에 앉아서 아찔한 맛의 환상적인 드라이브를 즐긴다고 한다. MZ세대들이 영도를 많이 찾아오는 이유는 이름난 카페가 많기 때문이기도 하다. 최신 트렌드를 따른 세련된 스타일의 카페가 청학동 와치로 일대와 흰여울문화마을에 대거 들어서고 있다. 2010년만 해도 영도구에 카페는 4곳에 불과했으나, 2023년 현재 140곳이 넘는 카페가 들어서는 등 폭발적인 성장세를 보이고 있다고 한다. 특히 청학동 배수지 전망대 가까이 있는 '신기산업' 카페와 '카린' 카페에서 보는 야경은 가히 환상적인 것이어서 서울 사람인 나까지 알 정도로 소문이 나 있다.

영선동 패총의 덧띠무늬토기

지난 세월 나는 영도에 여러 번 다녀왔다. 대학 3학년 여름방학 때 무전여행을 하면서 영도에 사는 친구 집에 들렀던 것이 처음이었고 올해(2023) 봄에는 영도도서관 주최 인문학 강좌가 있어 다녀왔다. 몇 해 전에는 한국해양대학교에서 특강을 했고, 그전에는 조선후기 진경산수에 관한 논문을 쓰기 위해 진재(眞宰) 김윤겸(金允謙)이 그린 〈태종대〉의 현장을 보기 위해 왔던 기억도 있다. 물론 동삼동패총전시관도 한 번 답사한 적이 있다.

그러나 국토박물관 순례기로 영도에 대해 쓰자니 일부러 또 한 번 찾아가보지 않을 수가 없게 되었다. 그래서 봄이 지나가기 전에 다시 영도를 찾았다. KTX가 생긴 이후 부산은 정말로 1일 생활권에 들어와 있어서 서울에서 당일치기로 영도에 하루 다녀온다는 것이 큰 부담으로 느껴지지도 않는다. 마침 부산박물관에서는 2023년 특별기획전 '조선의 외교관, 역관'(5.12~7.9)이 열려 이 전시회도 볼 겸 부산을 하루 다녀왔다.

SRT 수서역에서 오전 9시에 출발하는 부산행 기차는 대전, 대구에만 정차하고 2시간 10분 만에 부산역에 도착한다. 부산역에 내려서 아스티호텔 옆 택시 타는 곳으로 갔다. 택시를 잡고 영도 영선동으로 갈 거라고 하니 기사가 영도로 가려면 광장 저쪽 토요코인호텔 앞 택시 정거장으로 가서 타라고 한다. 승차 거부가 아니라 친절한 안내였다.

| **영선동 패총 표지석** | 영선동 패총은 1930년대에 산복 도로가 건설되고 건물이 들어서면서 현재는 그 흔적을 찾을 수 없다. 패총이 발견된 곳이라는 표지석이 세워져 있을 뿐이다.

그의 말대로 이동해 새로 잡은 택시 기사에게 부산은행 영도 지점으로 가달라고 했다. 영도 영선동의 패총은 이미 오래전에 없어지고 부산은행 영도금융센터 앞에 '패총(조개더미)이 발견된 곳'이라는 표지석이 있다고 들었기 때문이다. 영도다리를 건너니 바로 영선동이었고 네거리 부산은행 정문 앞 후박나무 가로수 아래에 비석과 함께 문화재 안내판이 설치되어 있었다. 이 일대는 본래 해변이었는데 1930년대에 조선소가 들어서면서 대대적으로 매립되어 지형이 이렇게 완전히 바뀐 것이라고 한다.

영선동 패총이 우리나라 신석기시대 유적지로 중요한 것은 여기서 출토된 바리때 모양의 덧띠무늬토기[土器隆起文鉢, 보물 제

| **덧띠무늬토기** | 이 덧띠무늬토기의 발견으로 영선동 패총의 존재가 세상에 알려지게 되었다. 빗살무늬토기의 일반화 이전에 덧띠무늬토기의 시대가 있었음을 증언하는 유물이다.

597호) 때문이다. 이 덧띠무늬토기는 높이 12.4센티미터, 지름 16.4센티미터의 아담한 크기로 구연부에 덧띠무늬가 W자형으로 둘러져 있는데, 형태도 아름답고 상태도 완벽하다. 우리나라 신석기시대 토기가 빗살무늬토기로 일반화되기 전에 덧띠무늬토기가 있었음을 말해주는 유물이다.

이 토기는 1933년 겨울, 부산의 일본인 아마추어 고고학 동호인들의 단체인 '고고학동호회'가 당시 일본 고고학 교토학파의 태두로 일컬어지던 하마다 고사쿠(濱田耕作)의 부산 방문을 환영하는 자리에서 한 회원이 그해 10월 말에 영선동에서 우연히 주웠다고 소개하면서 알려진 것이다. 이 말을 듣고 같은 회원이자 훗날 조선총독부 박물관의 마지막 관장을 지낸 아리미쓰 교이치(有光敎一)가 한달음에 현장으로 달려갔다. 그가 도착했을 때는 산복 도로 공사로 이미 조개더미 상단부는 상당 부분 사라진 상태였는데, 해안에서 170미터 떨어진 거리에 약 100평 넓이의 조개더미 두 곳이 약 50미터 간격으로 더 있었다고 한다. 조개더미의 두께는 파손된 상태에서도 20~50센티미터 정도였다고 한다. 아리미쓰는 훗날 『조선 즐목문(櫛目文)토기 연구』(1962)에서 당시 영선동 패총의 상태를 소개했다.

일본인이 갖고 있던 이 덧띠무늬토기는 돌고 돌아 한국전쟁 중 고물상에 매물로 나와 있는 것을 동아대학교 설립자인 석당 정재환 박사가 구입하여 현재는 동아대학교 석당박물관에 소장되어 있다. 영도구에서는 이 덧띠무늬토기 복제품을 영도를 상징하는 관광상품으로 개발하여 판매하고 있다.

나는 패총 터를 알려주는 비석을 앞뒤로 사진 찍고 문화재 안내판도 찬찬히 다 읽어보았다. 새롭게 안 사항은 없었지만 나로서는 지난 세월 한국미술사를 강의할 때면 줄곧 신석기시대 맨 첫 머리에 소개하는 이 유물의 고향을 다녀간다는 사실 자체로 오랫동안 묵혀둔 숙제를 마친 듯한 후련함이 있었다.

국립해양박물관과 한국해양대학교

이제 영선동 패총 유적비에서 다시 택시를 타고 동삼동패총전

| **국립해양박물관** | 다양한 해양 유물과 바다 생물을 만날 수 있는 국립해양박물관은 어린이 관람객들에게 특히 인기가 많다.

시관으로 향하니 영도 북쪽 해안 HJ중공업이 있는 봉래동을 지나면서 동쪽으로 방향을 틀어 바다를 왼쪽에 두고 청학동 해안선을 따라간다. 그리고 영도구청을 지나 더 남쪽으로 내려가자 부산국제크루즈 터미널과 국립해양박물관이 나타난다.

2012년에 개관한 국립해양박물관은 문화체육관광부가 아니라 해양수산부 산하의 박물관으로, 지상 4층, 지하 1층의 상당한 규모다. 대형 수족관에 바다거북 등 각종 해양 동물을 사육하고 있어 특히 어린이 관람객들의 사랑을 받아 10년 누적 방문객 1천만 명 돌파를 자랑한다.

국립해양박물관 일대는 한국해양과학기술원, 한국해양대학

교, 국립해양조사원, 부산해사고등학교 등 해양 관계 기관이 모여 있다. 여기서 '해사'의 뜻은 오해하기 쉬운데 해군사관학교의 해사(海士)가 아니라 일 사(事)자 해사(海事)이다. 상선의 항해사와 기관사를 양성한다는 뜻이다.

국립해양박물관에서 앞쪽을 내다보면 길게 뻗은 방파제가 멀리 작은 섬까지 연결되어 있는 것이 보이는데 거기가 조도(朝島)다. 조도는 영도 동쪽 끝에 있어 아침 해가 가장 먼저 뜬다고 '아치섬'이라 부르던 것을 영도의 동네 이름을 한자로 다 바꿔놓은 임익준 첨사가 조도라고 번역해 지은 것이다. 이 조도에도 패총이 있었다. 그리고 조도에 보이는 건물들이 한국해양대학교다.

한국해양대학교는 1919년 창설된 진해고등해원양성소를 모태로 하여 광복 후 인천해양대학과 병합해 해사 인력을 양성하는 4년제 국립대학으로 인천에 세워졌다. 1974년에 이곳(농삼농 1번지)으로 이전하고 1991년 종합대학으로 승격하여 현재 4개 단과대학으로 운영하고 있다. 해사대학 재학생은 4년간 전원 승선생활관에 입사하여 생활하며, 숙식 및 규정된 피복을 국비로 제공받는 사관학교이다.

동삼동패총전시관은 큰길이 국립해양대학교가 있는 조도까지 연결된 방파제와 만나는 삼거리의 비탈진 모서리에 있다. 인근의 다른 해양시설에 비하면 초라하기 그지없을 정도로 건물 규모가 작고 주차장도 따로 없으며 관람객은 말할 수 없이 적어 쓸쓸하기만 하다. 그러나 우리나라 신석기시대를 대표하는 패총이 땅속

| **동삼동패총전시관** | 규모는 작지만 동삼동 패총의 발굴성과를 전시하고 있어 우리나라 신석기 인들의 삶을 일목요연하게 보여준다.

에 보존되어 있다는 존재감만은 국립해양박물관보다 근수가 덜 나간다고 할 수 없으며, 부산박물관의 분관으로 운영되어 전시의 내용이 아주 충실하고 교육적이다. 사찰로 치면 부산박물관의 말 사 같은 곳이다.

동삼동패총전시관

동삼동이라는 동네 이름은 섬 동쪽에 상리(上里)·중리(中里)·하 리(下里) 세 마을이 있다고 해서 생긴 이름이다. 상리는 웃서발, 하리는 아랫서발이라 부른 어장의 이름에서 나온 것이고 중리는

| **오늘날의 동삼동패총 터** | 동삼동패총전시관을 둘러보고 밖으로 나오면 패총 자리를 볼 수 있는 데크가 나 있다. 패총 자리는 발굴한 뒤 흙으로 덮어 보존하고 있다.

본래 검정바우[黙岩]라 불렸다고 한다. 아랫서발에는 설영마가 물을 먹었다는 감지[甘池]라는 못이 있고 중리엔 절영진의 진소[鎭所]가 있었기 때문에 동삼동이 역사적으로 영도의 중심지였음을 알 수 있다. 지금도 하리에는 선착장이 있고 이곳 해변은 횟집 밀집지역이다.

동삼동 패총은 1930년 일본인 요코야마 쇼자부로[橫山將三郎] 등에 의해 부분적으로 발굴되었고, 1963년과 1964년엔 미국 위스콘신대학의 앨버트 모어(Albert Mohr) 등에 의해 시굴조사가 행해졌는데 본격적인 발굴조사는 국립중앙박물관이 1969년부터 1971년까지 3년에 걸쳐 실시했고, 이후 1999년에 부산박물관

| **노출된 동삼동 패총의 단면** | 패총은 신석기인들의 쓰레기 하치장이었다. 지층에는 토기 파편, 생선 뼈 등 각종 생활 쓰레기들이 묻혀 있다.

이 다시 발굴했다.

　발굴 결과 빗살무늬토기, 민무늬토기 등 넓은 기간에 걸친 많은 유물들이 발견되었고 시기도 기원전 6000년 무렵부터 기원전 2000년까지 여러 문화층이 겹쳐 있어 한반도의 대표적인 신석기 유적지로 꼽혀 1979년에 국가 사적(제266호)으로 지정되었다.

　동삼동패총전시관은 1999년 부산박물관의 발굴성과를 바탕으로 여기서 출토된 유물 약 1백 여 점을 알리기 위해 2002년에 개관했다. 박물관이 아니라 홍보관의 성격이 강하다.

　전시장은 두 군데로 나뉘어 있다. 제1전시실로 들어가면 패널을 이용하여 우리나라 신석기시대 상황을 유적지의 분포와 대표적인 유물의 이미지로 일목요연하게 보여준다. 그리고 한쪽 벽면 전체를 동삼동 패총의 단면 모형으로 재현해놓았다. 이것이 바로 패총의 실제 모습이다. 나는 중학교 역사 시간에 '김해 패총'을 배우면서 김해에 가면 조개더미가 언덕처럼 쌓여 있을 것이라고 홀로 상상하며 한번 가보고 싶어했다. 그러나 그것은 망상이었다. 실제 패총은 이처럼 천 년, 2천 년을 두고 쌓이고 쌓여 다 삭아서 산성화되어 대부분 가루나 흰 더께가 되어 있는 것이다. 그런데 그 조개더미가 높이 약 1미터, 길이는 100미터 내외가 되는 것이니 내가 어려서 상상했던 것과는 완전히 다른 모습이다. 게다가 그 유적지는 다시 흙으로 묻어 보존하고 있으니 우리는 전시장 안의 모형으로나 볼 수 있는 것이다.

패총은 신석기인들의 쓰레기 하치장이었다. 그 때문에 여기에는 생활 쓰레기로 깨진 토기 파편, 음식물 쓰레기가 들어 있는 것이다. 패총 곁에는 당연히 살림집 터가 발견되는데 여기에서는 연장을 비롯한 생활 도구와 팔찌를 비롯한 장신구가 발견되었다. 또한 신석기시대 무덤은 아주 드문데 동삼동에서는 옹관묘가 발견되어 학계의 주목을 받고 있다. 전시관 중에서도 출토 유물을 중심으로 꾸민 곳이 제2전시실이다.

동삼동 패총인의 삶

제2전시실은 동삼동 패총인들의 삶을 전시하고 있다. 먼저 동

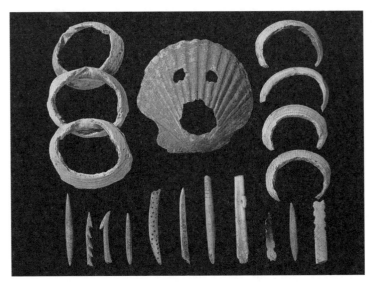

| **신석기인의 조형 활동** | 신앙과 제의의 산물인 조개 가면 등 신석기인들의 조형 활동에서는 자연에 대한 경외감과 초보적인 종교 감정이 엿보인다. 패총에서는 긱홍 어로 도구들도 출토되었나.

삼동 패총의 마을 풍경을 재현해놓았다. 해안의 반지하 움집에서 신석기인들이 삶을 영위하는 분위기를 보여준다. 그리고 진열장은 생업, 생활도구, 어로도구, 장신구, 대외교류, 신앙과 제의, 그리고 토기 순으로 유물과 함께 신석기인의 삶을 볼 수 있게 재현해놓았다.

생업 진열장에는 맷돼지, 사슴, 고래, 다랑어, 참돔 뼈, 홍합, 전복 등 조개류, 그리고 불에 탄 조, 기장 등이 전시되어 있다. 이를 보면 동삼동 패총 사람들은 사냥, 어로, 채집, 농사 등을 모두 동원하여 식량을 확보했음을 말해준다. 그중 고래 뼈는 울주 반구대암각화 고래 그림과 연관되어 신석기인들이 실제로 고래잡이

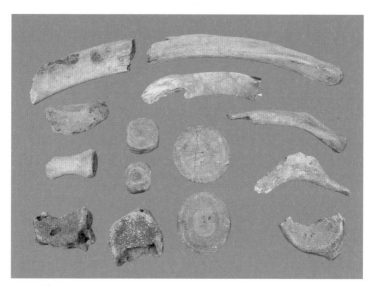

| **동삼동 패총에서 확인된 고래 뼈들** | 고래 뼈는 울주 반구대암각화 고래 그림과 연관되어 신석기인들이 실제로 고래잡이를 한 물증으로 제시되기도 한다.

를 한 물증으로 제시되기도 한다.

생활도구는 동물 뼈로 만든 바늘과 갈돌·갈판 같은 간석기들로 간단한데, 어로도구는 제법 발달하여 돌그물추, 돌작살, 뼈작살 등과 함께 이음낚시바늘이라는 아주 기능적인 도구도 있었다. 이음낚시바늘은 우리나라 해안 신석기 유적을 상징하는 도구다.

그중 흥미로운 것은 일본 규슈 지역과 교류를 한 흔적으로, 일본의 조몬(繩文)토기 파편과 함께 흑요석이 발견된 것이다. 이 흑요석은 백두산과 규슈에서만 나오는데 남해안 신석기 유적지에서 간혹 발견되던 중 특히 동삼동에서 다량으로 출토되어 불과 50킬로미터 떨어진 대마도와 교류가 활발했음을 말해준다. 이런

| **패총인 장신구** | 패총 곁의 살림집 터에서는 팔찌를 비롯한 다양한 장신구가 발견되었다. 조개 껍데기로 만든 팔찌, 고래 뼈로 만든 목걸이 등은 당시 문화능력의 발달을 말해준다.

물품은 물물교환으로 들여온 것으로 생각되는데, 동삼동 신석기인들이 일본에 준 것은 장신구였을 것으로 추정된다.

동삼동 패총의 장신구는 아주 다양하다. 조개껍데기로 만든 팔찌, 동물 이빨, 고래 뼈로 만든 목걸이, 토제 귀걸이도 있다. 이는 신석기인들의 조형 활동뿐 아니라 문화능력의 발달을 말해주는 것이다. 그리고 이런 능력은 신앙과 제의의 산물인 '곰 모양 토우' '조개 가면'에 잘 나타나 있다.

신석기인들은 자연에 대한 경외감과 함께 모든 생명체에는 영혼이 있다는 애니미즘(animism)을 갖고 있었다. 이는 구석기인들과 구별되는 신석기인들의 중요한 특징이고, 이것이 다산과 풍

| **동삼동패총전시관 내부** | 출토 유물을 중심으로 꾸민 제2전시실에서는 신석기인의 삶을 만날 수 있다.

요를 기원하는 제의를 낳아 샤머니즘(shamanism)으로 발전했다. 그리고 애니미즘과 샤머니즘이 다시 토테미즘(totemism) 낳았다. 이것을 유물로 가장 잘 말해주는 것이 동삼동 패총의 조개 가면이다.

　이런 신석기인의 조형 활동은 울산 신암리 신석기시대 유적의 토우 여인상, 양양 오산리의 사람 얼굴, 웅기 굴포리의 여인상, 통영 욕지도의 흙으로 빚은 멧돼지 등과 일맥상통하는 것이다. 이 조각들은 비록 크기도 작고 기법도 거칠지만, 그 행위에 자연을 개념적으로 인식하는 초보적인 종교 감정이 들어 있다는 중요한 의미가 담겨 있다. 이 조개 가면은 '영가비'(영도+조가비)라는 이름을 가진 영도의 공식 마스코트로 지정되었다.

빗살무늬토기

동삼동 패총에서 발견된 유물 중 문화사적으로 가장 중요한 의의를 지니는 것은 다양한 종류의 토기다. 신석기시대의 상징적인 유물이 곧 토기다. 토기는 인간이 처음으로 응용한 화학변화의 산물이다. 토기는 곡물 저장과 음식 조리에 획기적인 변화를 일으켜 삶의 질을 높이는 데 크게 기여했다.

한반도 신석기시대 토기는 아주 거친 원시무문토기로 시작되어 덧띠무늬토기로 발전했다. 덧띠무늬토기는 그릇을 성형한 다음 단단하게 하기 위하여 표면에 굵은 띠를 서너 가닥 덧붙인 아주 세련된 토기다. 이 덧띠무늬토기는 기원전 7000년 전 유물부터 고성 문암리, 양양 오산리, 부산 영선동, 제주도 고산리 등 동해안에서 남해안, 제주도까지 분포되어 있다. 그런데 기원전 4000년부터는 빗살무늬토기가 암사동을 비롯한 서해안 지역에 등장하여 기원전 1500년까지 우리나라 신석기 문화의 상징 유물로 자리 잡게 된다. 이 빗살무늬토기가 남해안으로 확산해간 사실을 보여주는 대표적인 유적지가 바로 동삼동 패총인 것이다.

빗살무늬토기의 기형(基形)은 밑이 뾰족한 도토리 모양에 몸체에 빗살무늬가 새겨져 있는 것이다. 이런 기형은 강변이나 해변에서 반 움집 생활을 하던 신석기인이 토기를 땅에 고정하기 편

| 한반도 신석기 토기 | ① 암사동 빗살무늬토기 ② 고산리 융기문토기 ③ 오산리 덧무늬토기

하게 하기 위해 들었으리라 추정된다.

빗살무늬토기의 제작 과정을 보면, 먼저 모래질의 태토(胎土)를 엿가락처럼 길게 만들어 돌판 위에 놓고 둥글게 감아올리는 서리기(coiling)와 둥근 테를 점점 좁혀가며 쌓아올리는 테쌓기(ring-building) 방법이 있다. 그러고 나서 납작한 돌로 안팎을 문질러 매끄럽게 만든 다음 그릇 겉면에 조개 또는 나뭇가지로 빗살 같은 무늬를 반복하여 새기는 것이다.

빗살무늬토기라는 명칭은 한반도에서 처음 이런 토기가 발견되었을 때 일본인 고고학자 후지타 료사쿠(藤田亮策)가 북유럽과 시베리아의 신석기시대에 나타나는 빗살무늬토기(comb-

| **빗살무늬토기** | 동삼동 패총에서 발견된 유물 중 문화사적으로 가장 중요한 의의를 지니는 것은 다양한 종류의 빗살무늬토기다.

ceramic)와 비슷하다고 하여 즐문토기(櫛文土器)라고 이름 붙인 데서 유래한다. 그러나 북유럽 및 시베리아 토기와 우리 빗살무늬토기의 연관성은 쉽게 단정 짓기 힘들다.

신석기시대 토기의 추상성

빗살무늬토기의 무늬 구성은 아가리, 몸통, 바닥 등 3단으로 이루어진다. 아가리 부분은 손톱으로 꾹꾹 누른 점선 띠이고 몸체는 지그재그 빗살무늬이며, 밑바닥은 빗금무늬이다. 빗살무늬가 주 무늬를 이루고 아래위로 종속 무늬가 배치된 이 명백한

3단 구성은 한국미술사의 첫새벽을 알린다.

기능상으로 보면 그릇 표면의 빗살무늬는 사람 손가락의 지문 (指紋) 같은 구실을 하여 미끄러지지 않고 잡기 편하게 한다. 그러나 그런 기능만이 목적이었다면 꼭 빗살무늬가 아니어도 된다. 이 추상무늬에는 어떤 상징성이 있는 것일까? 여기서 우리는 지구상에 있는 모든 신석기 토기에는 어떤 형태로든 기하학적 추상무늬가 나타난다는 사실에 주목할 필요가 있다. 『문학과 예술의 사회사』를 쓴 아르놀트 하우저(Arnold Hauser)는, 구석기인은 오직 자연에 대한 경험에 의지하면서 단순한 동물적 '본능'으로 사물에 대한 애정과 인내를 그렸지만 신석기인은 사물을 '의식'으로 파악하고 표시하려는 태도를 가졌기 때문에 부호화, 개념화, 상징화하려는 경향이 생겨 추상무늬로 나타나게 되었다고 했다.

빗살무늬는 대체로 생선뼈무늬, 즉 어골문(魚骨文)으로 이해되고 있다. 본래 선사시대 미술에서 통째로 벗긴 동물 가죽이나 살을 발라낸 생선뼈는 정복을 의미한다. 신석기인들의 식생활에 물고기가 차지하는 비중이 작지 않았음을 고려한다면 이 생선뼈무늬에는 주식의 풍요와 원활한 사냥을 기원하는 의미가 들어 있는 것이다.

우리나라의 빗살무늬토기는 기원전 4000년에서 기원전 1500년까지 장구한 세월 동안 형식상의 변화가 일어나지 않았다. 이 길고 지루한 매너리즘이 갖는 의미는 무엇인가. 빗살무늬라는 단순한 레퍼토리를 한정된 기법으로 그렇게 오랫동안 지속했다는 것은 이들의 삶에 거의 변화가 없었음을 의미한다. 인간은 삶의 형식이 변하지 않으면 의식도 변하지 않고, 의식이 변하지 않으면 예술적 태도도 변화를 보이지 않는 법이다.

그러던 빗살무늬토기가 기원전 1500년 무렵부터 마침내 조형적 변화를 일으키기 시작했다. 기형에 납작바닥이 나타났다. 이는 토기 제작의 비약적 발전을 의미한다. 또 무늬에선 물결무늬, 타래무늬, 번개무늬 등이 나타났다. 이는 자연에 대한 관찰이 발전했음과 동시에 농사를 짓기 시작했음을 의미한다.

빗살무늬 자체에도 변화가 일어났다. 처음에는 아가리, 몸통, 바닥에 서로 다른 무늬를 새겼으나 먼저 바닥의 무늬부터 사라지고, 나중에는 몸통의 주 무늬가 사라지며, 마지막에는 아가리에 톱니무늬나 구멍무늬만 남게 된다. 점점 빗살무늬가 퇴화되면서 획일적이고 인습적이며 개념적인 무늬들이 사라진 것이다. 우리의 신석기문화는 이렇게 삶의 내용이 변화하며 청동기시대로 넘어가고 있었다.

동삼동패총전시관을 둘러보고 밖으로 나오면 패총 자리를 볼 수 있는 데크가 나 있다. 패총 자리는 발굴한 뒤 흙으로 덮어 보존하고 있다. 그러나 누가 설명해주기 전에는 알아차릴 수 없는 비탈진 잔디밭이자 들어가지 못하는 출입금지 지역일 뿐이다.

내가 답사 간 날은 평일 오전이어서 그랬는지 반시간가량 전시실을 둘러보는 동안 다른 관람객이 단 한 명도 없었다. 그것이 몹시 안타깝게 느껴졌다. 어쩌면 사람들은 여기가 그 유명한 동

| **암사동 유적의 움집** | 한강변에 자리한 신석기시대 유적인 암사동 유적에서는 20여 기의 집터가 발견되어 움집을 복원하고 원시생활전시관을 건립해놓았다.

삼동 패총 자리인 줄도 모르고 지나갈 것도 같다. 만약에 이곳에 양양 오산리 유적지나 서울 암사동 유적지처럼 짚으로 엮은 움집을 몇 채 복원해놓으면 신석기시대의 역사적 분위기를 보여줄 것이 아닌가라는 생각이 들었다. 마침 지난번 영도도서관 강연 때 김기재 영도구청장이 참석하여 내 강연도 듣고 축사도 해주어 동삼동 패총 유적지에 움집을 복원해보라는 아이디어를 말했더니 구청장은 반가운 빛으로 이렇게 말했다.

"누가 아니랍니까. 우리가 예산까지 다 세워 추진했는데 문화재청 문화재위원들이 유적지 위에 시설물이 들어가면 안 된다고 허가를 내주지 않았다 아닙니까. 땅속의 뭐가 망가진다는 건지 알 수가 없데애. 전임 청장으로서 함 도와주이소."

"아, 그랬군요. 근데 흘러간 물은 물레방아를 돌리지 못한다는데요."

"그라도 함 역류해 올라와 돌아가게 해주이소."

동삼동 패총에서 왼쪽으로 선착장이 있는 하리방파제를 두고 곧장 걸으면 동삼동 어촌체험마을과 횟집·식당이 여럿 있다. 전번에 왔을 때 부산박물관 학예사와 함께 와서 물회를 아주 맛있게 먹은 하리회센터로 갔더니, 저쪽 빌딩에 별채 격으로 식당을 따로 차려놓고 창문에 "해용호 선장님 직접 잡은 자연산 활어"라고 써 붙여놓았다. 착한 가격에 신선도가 높아 해변 아파트 사시는 분들이 많이 방문한다고 했다. 내가 물회를 시키니 "혼자 오셔서 회를 못 드시나봐요"라며 반찬을 내올 때 도다리회 한 줌을 초장과 같이 내주어 전보다 더 맛있게 먹었다.

태종대와 가수 현인 동상

이번 영도 답사 때는 답사기를 위해 이제껏 타보지 못한 다누비열차를 타고 오랜만에 태종대를 다녀왔다. 다누비열차는 생각보다 만원이어서 16분 간격으로 운행하는데, 두 번을 기다려 30분 만에야 차례가 돌아왔다. 태종대에 내려 신선바위 망부석

| **태종대** | 관광용 열차인 다누비열차를 타면 태종대에 닿을 수 있다. 남해를 지키는 신선바위와 망부석 바위가 한눈에 보인다. 멀리 보이는 섬은 생도(生島)로 주전자섬이라는 별명을 갖고 있다.

을 바라보니 여전히 꿋꿋하게 남해바다를 지키고 있었다.

태종대 산책길에는 해변에 자생하는 난대성 상록활엽수와 해송이 울창한 숲을 이루고 있어 장관이었다. 전에는 본 기억이 없는데 산호수(珊瑚樹)라고도 불리는 싱그러운 잎의 아왜나무에 흰꽃이 소복히 달려 있었다. 가을에 빨간 열매가 달리면 더욱 아름답겠거니 생각하며 걸어가는데 이번에는 길 저쪽으로 줄지어 늘어선 수국이 따뜻한 남국의 정취를 한껏 자아냈다. 나이가 들면 새삼 꽃나무가 눈에 들어온다더니 그런가보다.

다누비열차를 타고 다시 주차장으로 돌아오니 빈 택시가 있어 얼른 타고 기사님께 다짜고짜 영도다리로 가자고 했다. 기사가

| **아왜나무** | 산기슭에서 자라는 상록활엽수인 아왜나무는 해마다 6~7월에 흰꽃을 피우고 9~10월에는 검붉은 열매를 맺는다. 주로 정원수나 해안방풍수로 심는다.

영도다리 어디로 가느냐고 물어 가수 현인 동상을 보러 간다고 하니 영도경찰서 바로 옆에 있다며 힘차게 페달을 밟았다. 말이 나온 김에 기사에게 부탁했다.

"기왕이면 절영 해안도로로 해서 가주시면 안 됩니까?"
"그라지 않아도 서울서 영도 구경 온 사람 같아 그리로 가려고 했심더. 그라고 그 길이 빨라예."

현인 동상은 영도경찰서 정문 바로 옆 영도다리가 바라다보이는 곳 돌의자에 노래비와 함께 편안히 모셔져 있었다. 현인은 우

| **현인 동상** | 현인은 「신라의 달밤」 「굳세어라 금순아」 등 수많은 인기곡을 남긴 희대의 인기가수였다. 영도를 순례하는 답사기에 영도 태생인 그에 대한 언급을 빠뜨릴 순 없었다.

리나라 가요사의 첫 페이지를 장식하는 천하의 인기가수였다. 아마도 전 같으면 여기에 오지 않았을 것 같은데, 이번에 내가 굳이 현인의 동상을 찾아온 것은 「신라의 달밤」 「비 내리는 고모령」 「굳세어라 금순아」 등 우리 시대에 수많은 인기곡을 남겼다는 사실 하나 때문이다. 유명한 학자, 시인, 소설가, 화가만이 문화사적으로 중요하고 의미있는 것이 아니라, 대중과 함께 일생을 사신 분에게도 존경하는 마음을 가져야 한다고 생각했기 때문이다. 하물며 그가 영도 태생인데 영도를 순례하는 답사기에 빠뜨릴 수 있겠는가. 이것도 어쩌면 내가 나이가 들었기 때문일지도 모른다.

| **복천동 고분군** | 복천동 고분군에는 가야와 신라 고분 약 170여 기가 모여 있다.

동래 복천동 고분군

　나는 영도다리 건너 대연동에 있는 부산박물관으로 갔다. 박물
관에 도착해서 우선 동삼동 패총 유물이 전시된 것을 꼼꼼히 살
펴보고 '조선의 외교관, 역관' 특별전을 구경하면서 정은우 관장
에게 전화했다. 정 관장은 나와 대학원 석사과정 입학 동기이고,
내가 이번 기획전에 명지대학교 소장품으로 1760년 연경에 다녀
온 동지사가 귀국 후 임금(영조)에게 보고한 그림인《경진년 연행
도첩(庚辰年燕行圖帖)》(보물 제2084호, 총 21폭)이 전시될 수 있도록
주선해준 바가 있어 연락한 것이었다.

　정 관장은 깜짝 놀라며 왜 미리 연락하지 않았느냐고 원망조

| 복천동 출토 토기 | **1** 거북장식 원통형 기대 및 단경호(복천동 11호분 출토) **2** 오리 모양 토기 (복천동 86호분 출토) **3** 가야 짚신 모양 토기(복천동 53호분 출토)

로 말하면서 서운해한다. 공연히 시간 빼앗을 것 같아서 연락하지 않았고 또 이번엔 영도 답사기를 쓰기 위해 온 것인데 답사기 말미에 부산에 오면 반드시 동래에 있는 복천박물관, 그리고 범어사 아래에 있는 소설가 요산(樂山) 김정한(金廷漢) 생가와 요산문학관을 다녀갈 요량이라 이제 빨리 동래로 가야 한다고 했다. 몇 시 기차로 올라가느냐고 물어 부산역에서 18시 42분에 출발하는 표를 예매해두었다고 하니 정은우 관장은 시간이 별로 없다며 복천박물관은 부산박물관의 분관이니 자신은 못 가지만 학예사가 차로 안내하도록 하겠다며 서두르라고 했다.

사실 내가 복천박물관을 다녀온 것은 이미 여러 번이다. 답사기를 쓰자니 현재의 상태를 확인해야 하기 때문에 들러보는 것이다. 복천동 고분군(사적 제273호)은 부산의 역사적 프라이드를 말해주는 대표적인 유적지이고, 이를 발굴한 뒤 세운 복천박물관은 우리나라에서 내용이 가장 충실한 박물관의 하나로 꼽힐 만한 부산의 자랑이라고 생각하고 있다.

동래성이 발아래 내려다보이는 마안산(속칭 대포산) 일대는 한국전쟁 당시 부산으로 피란민이 몰려들면서 영도와 마찬가지로 판자촌이 빼곡하게 들어섰는데, 1969년 아파트를 짓는 재개발을 추진하다 유적이 발견되자 동아대 박물관, 부산대 박물관, 부산(시립)박물관이 이를 대대적으로 발굴하고 복천박물관을 세웠다. 고분군은 이곳이 판자촌이었기 때문에 도굴을 피했고 또 판잣집들이기 때문에 땅을 깊게 파지 않아 오히려 보호받은 셈이다.

대포산 산마루에 위치한 복천동 고분군에는 4세기에서 6세기에 걸쳐 조성된 가야와 신라 고분 약 170기가 모여 있다. 이곳에서는 금동관과 철제 갑옷을 비롯하여 아름다운 가야토기, 신라 토기가 2,500점, 철기 금속류가 3,200점, 유리구슬 등 장신구가 4,010점, 거기에 인골 5구, 말 이빨 7개가 발굴되었는데, 그 양도 양이지만 유물들의 질이 아주 높고 아름답다. 그럼에도 부산 사람들 중에도 아직 이 고분군과 박물관의 가치와 위상을 잘 모르는 분이 많다. 그래서 나는 누구를 만났는데 부산 사람이라고 하면 우선 복천동 고분군 이야기를 꺼내 이를 아는 분과 모르는 분, 가본 분과 안 가본 분으로 문화적 소양을 평가하곤 한다.

| 김정한 생가와 요산문학관 | 양산 원동에는 「사하촌」 「모래톱 이야기」 등 명작을 남긴 소설가 요산 김정한 선생의 생가와 문학관이 있다.

김정한 생가와 요산문학관

복천박물관은 그렇게 많이 가보았으면서도 소설가 김정한 선생 생가와 요산문학관은 이번이 처음이었다. 김정한 선생은 「사하촌」 「모래톱 이야기」 「수라도」 등 무수한 명작을 펴낸 소설가로 한국 현대문학의 거성일 뿐 아니라 1987년 민족문학작가회의가 결성될 때 초대 회장으로 추대된 문단의 큰 어른이자 부산 지식인 사회의 느티나무 같은 분이었다.

나는 요산 선생을 생전에 만나지 못했지만 선생의 소설 전편에 흐르는 따뜻한 인간애와 낙동강변의 정겨운 풍광 묘사는 나의 삶과 글쓰기에 적지 않은 영향을 주었다. 그래서 서울에서 경부선을 타고 부산으로 올 때 선생의 고향이자 소설의 무대인 양산 원동을 지날 때면 언제나 선생의 소설과 인품을 떠올리곤 했다.

그런데 선생의 생가와 요산문학관이 있는 것을 알면서도 한 번도 방문하지 않아 항상 죄스러운 마음이 있었다. 마침내 생가를 찾으니 아무 치장이 없는 평범한 한옥이 정겹기만 하고, 문학관 앞 뜨락에 있는 그의 동상은 선생님의 인품 그대로를 보여주었는데, 요산문학관 또한 너무도 멋진 건축이어서 고마운 마음까지 들었다. 문학관 안내원에게 누가 설계한 것이냐고 물으니 부산의 건축가 안용대라고 하여 깜짝 놀랐다. 안용대 건축가는 30년 전에 건축사사무소 이로재에 근무하면서 승효상 소장과 함께 우리 집 수졸당을 설계한 분인지라 더욱 반가웠다.

삼랑진에서 물금까지

그렇게 소원 풀이하듯 요산문학관 답사를 마치고 부산역으로 가는데 안내해준 부산박물관 학예사가 내게 물었다.

"선생님은 왜 18시 42분 기차를 끊으셨어요? 그 기차는 구포를 경유해서 가기 때문에 3시간 17분이나 걸리는데요."

"오랜만에 경부선 옛 철길을 따라 낙동강 풍경을 보고 싶어서. 요산 선생의 고향 원동리를 지날 때 「모래톱 이야기」도 다시 상

| **김정한 선생 흉상** | 김정한 선생의 소설 전편에 녹아 있는 따뜻한 인간애와 낙동강변의 정서로운 풍경 묘사는 나의 삶과 글쓰기에 적지 않은 영향을 주었다.

기해보고 싶고."

"아, 그러셨군요. 사실 저도 서울 갈 때 그 기차를 이용하거든요."

"정말요?"

"근데, 저는 낙동강 경치보다도, 그 기차표가 4,900원 싸요."

나는 『나의 문화유산답사기』 3권에서 우리나라에서 가장 아름다운 길 셋을 거론하면서 그중 하나로 경부선에서 밀양 삼랑진을 지나 양산 물금까지 낙동강을 따라가는 기찻길을 꼽은 적이 있다. 이는 내가 영남대 교수 시절 어쩌다 한가한 때를 얻으면 경산역에서 무궁화호를 타고 물금역까지 다녀오면서 낙동강의 아름다움을 만끽하며 얻은 나의 체험을 이야기한 것이었다. 내 인생

| 삼랑진의 노을 |

추억이 어려 있는 이 경부선 옛 철길. 김정한 선생의 원동리는 물금과 삼랑진 중간에 있다. 그날따라 지는 해가 뿌린 마지막 홍채로 붉게 물든 낙동강이 그렇게 아름다울 수 없었다.

신석기
청동기
초기철기시대

— 울산 언양 —

암각화가 말해주는
선사인의 삶

울산시 울주군 언양읍

인양은 울산광역시 울수군 언양읍이라고 해야 하는데 나에겐 그냥 언양이라고 입에 붙어 있다. 이건 내가 나이 많은 옛날 사람이기 때문이 아니라 역사학, 고고학, 미술사학, 민속학 등 국학을 전공하는 분들은 다 마찬가지일 것이다.

본래 조선시대 언양현은 경상도의 당당한 고을로, 1895년에는 언양군이 되었으나 일제강점기인 1914년 조선총독부가 행정구역을 개편하면서 울산군에 통합되었다. 그러다 1962년 울산읍이 울산만을 끼고 있는 방어진, 대현면, 하상면 등과 합쳐 울산시로 독립하고 나머지 지역은 울주군이 되는 바람에 이번에는 울주군 언양면이 되었다. 비유하자면 울주군이라는 사과에서 애플 로고

| **언양읍성** | 언양은 언제나 문화유산과 함께하는 고풍스러운 고을이다. 특히 언양읍성은 유서 깊은 고을로서 언양의 품격과 정체성을 보여준다.

처럼 한 입을 베어 먹은 자리가 울산시이고 언양은 반대편 사과 꼭지 아래쯤이 되는 셈이다. 그래서 내게는 울산이 해안의 공업 도시이고 언양은 내륙의 옛 고을이라는 이미지가 그대로 남아 있다. 언양은 이른바 '영남 알프스'(영남 동남부에 위치한 해발 1,000미터 이상의 산악군에 붙은 애칭)의 가지산을 등지고 서쪽으로 밀양, 북쪽으로 경주, 남쪽으로는 양산과 연결되어 있다.

언양이 그나마 읍으로 승격된 것은 1996년에 와서다. 언양이 다시 살아나기 시작한 계기는 경부고속도로가 언양을 지나가면서 활기를 얻고 난 후인데 요즘은 KTX 울산역도 언양 옆 삼남읍에 생기면서 더 큰 발전을 기대하고 있는 상황이란다. 『2035년 울산도시기본계획』(2021)에 의하면 2035년에는 언양을 울산 서부지역의 신도심으로 발전시키는 청사진이 제시되어 있으니 그때 가면 많이 달라져 있을 것이 눈에 선하다.

그러나 나에게 언양은 언제나 문화유산이 함께하는 고풍스러운 고을이다. 언양엔 무엇보다도 언양읍성이 있어 유서 깊은 고을로서 품격과 정체성을 보여준다. 언양읍성은 신라시대부터 내려온 토성을 조선 연산군 6년(1500)에 석성(石城)으로 개축하고 임진왜란 때 무너진 것을 광해군 9년(1617)에 수축한 언양 고을의 읍성이다. 그런데 일제강점기에 읍성이 방치되면서 곳곳이 무너져 내렸고, 읍내에 흐르는 남천의 제방을 쌓는 데 이 성곽 돌을 가져다 쓰면서 결정적으로 폐허가 되어 한때는 미나리밭과 허름한 집들이 난립해 있었다. 그 후유증이 지금도 남아 있어 여전히 복원 중이다.

언양반닫이, 언양불고기

언양의 지역적 정체성을 말해주는 것으로 언양반닫이가 있다. 우리나라 한옥의 구조에서 반닫이는 필수적인 가구로, 전국이 저마다의 특징과 형식을 갖고 있어 '팔도반닫이'라는 말이 생겼다. 팔도반닫이 중에는 강화반닫이가 왕실용으로 제작되어 가히 압권이라 할 수 있고, 그다음으로는 밀양반닫이를 높이 친다. 이 밀양반닫이가 범본이 되어 퍼져나간 것이 양산반닫이와 언양반닫이다. 그외에 남한산성반닫이, 평양반닫이, 박천숭숭이반닫이, 개성반닫이, 충청도반닫이, 강원도반닫이, 전주·익산·나주반닫이, 남원·고창·영광반닫이 등이 특산물로 꼽히고 있는데 그런 팔도반닫이에 언양반닫이가 당당히 들어 있다는 것이 얼마나 큰 영광이고 자랑인가.

그리고 조선시대만 해도 언양은 교통의 요충지여서 사람과 물화(物貨)의 왕래가 많은 곳으로 자연히 객주(客主)가 발달했고 이에 따라 독특한 향토음식을 낳았으니 그것이 언양불고기다. 언양 바로 북쪽은 소고기 산지로 유명한 울주군 두동면 봉계리인데, 사실 두동면은 조선시대엔 경주에 속한 지역으로 울산과는 아무 연관이 없었다. 이 봉계는 생고기의 산지로서 유명한 것이고 언양은 조리법으로 이름을 얻은 것이다.

언양불고기는 껍질과 속을 제거하고 강판에 간 배에 잘게(3×5센티미터) 썬 쇠고기를 30분 정도 재워둔 뒤 양념장에 버무리고 가열된 석쇠에 구워 만든다(본래는 한지에 물을 묻혀가며 구웠다). 그리고 구운 고기 위에 통깨를 뿌린다. 그래서 고소하고 먹기 편하다. 서울 음식으로 석쇠에 굽는 바싹불고기와 비슷한데 배가 들어가서 많이 달고 부드럽다. 그래서 언양에 가면 나는 언양읍성 가까이 있는 언양불고기집에서 점심을 먹는다. 그래야 언양에 온 것 같다.

내가 언양에 여러 차례 온 까닭은 국보로 지정된 반구대암각

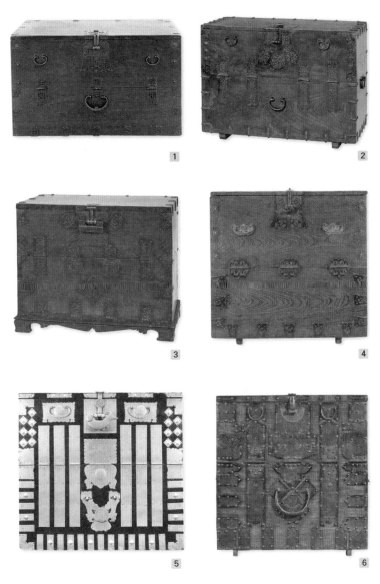

| 팔도 반닫이 | 1 언양반닫이 2 밀양반닫이 3 강화반닫이 4 남한산성반닫이 5 평양반닫이 6 박천반닫이

| 언양불고기와 불고기 거리 | 언양불고기는 잘게 썬 쇠고기를 배와 함께 재운 뒤 양념장을 버무려 석쇠에 구워 만든다. 언양읍성 가까이에는 언양불고기거리가 조성되어 있어 답사객들의 발길을 끌어당긴다.

화와 천전리각석을 답사하기 위해서였다. 반구대암각화 보존 문제로 문화재청장 시절에도 두어 번 다녀왔고, 두동면의 대곡댐 수몰지구에 울산대곡박물관이 들어서고는 이를 보기 위해 또 왔었다. 그리고 국토박물관 순례 선사시대 꼭지를 쓰기 위해 지난해(2022) 겨울 다시 언양을 찾았는데 언양읍성은 몰라볼 정도로 환하게 정비되어 한결 말끔해졌고, 언양불고기는 여전히 내 입맛에 꼭 맞았다.

언양 대곡천의 사연댐

언양은 그 자체로 훌륭한 답사처지만, 국토박물관 순례에서 언

| **국토박물관 언양** | 언양의 대곡천변에는 선사시대의 유적지가 시기별로 남아 있어 국토박물관 선사시대 유적지로 여기보다 안성맞춤인 곳은 없다.

양은 각별한 의의를 지닌다. 선사시대는 구석기시대를 지나면 신석기시대 – 청동기시대 – 초기철기시대로 이어지는데, 언양읍과 두동면의 산골짝을 굽이굽이 흘러내리는 대곡천변에는 이 세 시기의 유적지가 다 남아 있기 때문이다. 대곡천 아래쪽부터 신석기시대의 반구대암각화, 청동기시대의 천전리각석, 초기철기시대의 대곡리 유적지로 이어진다. 더욱이 그 자취는 간석기·빗살무늬토기·민무늬토기·청동기물 등 생활 유물이 아니라, 신석기시대의 사실적인 암각화, 청동기시대의 추상무늬 그림, 초기철기

시대의 오리형 토기, 고신라시대의 문자와 같이 조각, 회화, 글씨 등의 해석을 동반하는 유적들이니 여기보다 국토박물관 선사시대 유적지로 안성맞춤인 곳은 없다.

근래에 들어 반구대암각화는 그 자체보다도 수몰로 인한 심각한 훼손 위기 때문에 마침내 대통령선거 후보가 찾아와 보존 대책을 선거공약으로 내걸 정도로 유명해졌다. 그러나 막상 해결책은 나오지 않아 관리 책임이 있는 문화재청과 울산시가 지금도 대안을 찾고 있는 상태다. 이것이 왜 이렇게 풀기 힘든 문제가 되었는지 그 이유부터 알아보는 것이 답사의 순서겠다.

울산 시내를 가로지르는 태화강은 울산의 심장이다. 이 강을 중심으로 울산읍이 형성되었고 지금도 울산시내 중심지는 동서로 가로지르는 태화강을 기준으로 남구와 중구로 나뉘어 있다. 이 동류(東流)하는 태화강 물줄기의 원류가 바로 언양의 대곡천 (옛 반구천)인데, 1962년 대곡천과 태화강의 중간 지점인 범서면 사연리에 높이 46미터, 길이 300미터의 댐을 건설하기 시작하여 1965년에 완공되었다. 이 사연댐의 담수는 울산시민의 식수와 공업용수의 자원으로 요긴히 사용되고 있다.

천전리각석과 반구대암각화의 발견

그런데 댐 건설 5년이 지난 1970년 문명대 교수가 이끄는 동국대 박물관의 불교유적 조사단이 겨울방학 기간을 이용해『삼

| **천전리각석의 발견** | 처음으로 천전리각석의 존재를 외부에 알린 당시 집청정 주인 최경환 씨가 각석 앞에 앉아 있다.

국유사』에 기록된 원효대사의 반고사(磻高寺) 터를 찾으러 대곡천 유역의 반구대에 왔다가 절터는 못 찾고, 12월 24일 크리스마스이브에 집청정 주인 최경환 씨의 가르침으로 천전리각석을 발견했다.

그리고 문명대 교수 조사단은 이듬해(1971) 12월 또다시 겨울방학을 맞아 고고학자인 김정배, 이융조 교수 등과 함께 대곡천변을 조사하다가 이번에는 반구대암각화를 발견했다. 그날은 12월 25일 크리스마스 날이었다고 했다. 문명대 교수가 천전리를 조사할 때 주민들이 저쪽에도 바위에 그림 같은 게 있다고 제보하여 반구대암각화를 조사하게 됐다는 것이다. 문 교수는 발견

| **천전리각석 조사단** | 1971년 3월 문명대 교수가 이끄는 동국대 발굴조사단이 동네 주민들과 함께 찍은 사진. 기장 왼쪽이 문명대 교수다.

당시 암각화가 새겨진 바위 면이 지금보다 훨씬 더 반짝반짝 빛났다고 기억하며 이렇게 말했다.

제가 처음 왔을 때는 이미 반구대암각화는 사연댐이 건설돼 배를 타고 현장에 접근해야 했어요. (댐이 들어서기 전) 이곳이 어떤 곳이었냐 하면, 주민들이 점심 먹고 나무하러 가다가 쉬거나 낮잠을 자는 곳이었어요.(『울주 대곡리 반구대 암각화』, 울산암각화박물관 2013)

문명대 교수 조사단이 이렇게 발견한 천전리각석과 반구대암각화는 우리나라 선사시대 역사의 넓이와 깊이를 크게 확대해준 기념비적인 유적이었다. 그리고 이 발견은 이후 한반도 곳곳에서 암각화들이 발견되는 계기가 되었다. 이리하여 이 두 유적은 모두 국보로 지정되었는데, 반구대암각화는 11월부터 이듬해 2월까지 갈수기에만 드러나고, 사연댐이 담수(湛水)가 되면 수위가 높아져 물에 잠기기기 때문에 심각한 훼손 문제가 생긴 것이다.

반구대암각화 보존대책

간단히 사연댐의 수위를 낮추어 반구대암각화를 보존할 수 있으면 좋겠으나 그럴 경우 남부평야 석어 사연댐은 세 기능을 알 수 없기 때문에 문제가 복잡해진 것이다. 댐을 허물고 다른 곳에 댐을 짓자니 그럴 입지가 울산에는 없고, 암각화 주위에만 방호벽을 설치하는 안이 나왔으나 실현에 많은 문제점을 안고 있다. 그래서 사연댐 수위를 암각화가 침수되지 않는 정도로 고정시키고 부족한 수량은 인근 청도 운문댐 등에서 빌려오는 안까지 나왔으나 말처럼 쉬운 일이 아니었다.

2021년 5월 울산시, 환경부, 국토교통부, 문화재청, 한국수자원공사가 함께 사연댐 수문설치 효과를 분석하는 연구용역에 착수했다. 이 과정을 통해 2022년 2월 말에 확정한 '사연댐 안정성 강화사업' 검토안은 댐에 필요 이상으로 물이 유입되었을 때 물을 빼내는 여수로(餘水路)에 3개의 수문을 설치해 현재 60미터인 사

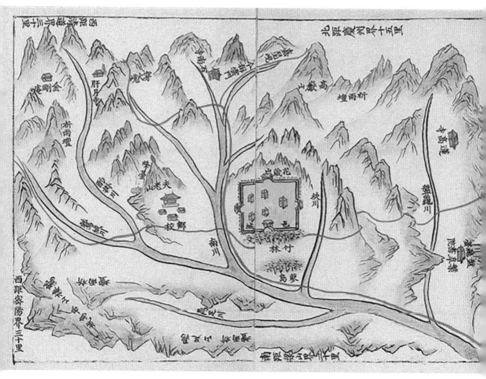

| 〈경상도 읍지 언양현 지도〉 | 언양과 반구대암각화가 있는 대곡천의 자연지리를 일목요연하게 가르쳐주는 지도다.

연댐 수위를 52.2미터로 낮춰 53미터 높이에 있는 반구대암각화의 침수를 막을 수 있도록 한다는 내용이다. 이것이 마침내 환경부의 적정성 재검토를 통과함에 따라 기본 및 실시설계 용역 등의 후속조치에 들어가 오는 2025년에는 공사 착공에 들어간다는 방침이라고 한다.

| 울산대곡박물관 | 대곡천과 언양을 비롯한 서부 울산 지역에서 출토된 초기철기시대부터 조선 시대를 망라한 1만 3천여 점의 유물이 전시되어 있다.

대곡댐과 울산대곡박물관

언양에서 반구대암각화로 가자면 35번 국도를 타고 북쪽(경주 방향)으로 가다가 반구대삼거리에서 오른쪽으로 꺾어 들어가면 된다. 그러나 나는 항상 조금 더 올라가 천전삼거리에서 꺾어 들어가 천전리각석부터 먼저 답사하곤 한다. 그 이유는 그렇게 해야 이곳 대곡천변의 그윽한 아름다움을 맛보면서 답사를 시작할 수 있기 때문이다.

게다가 2009년엔 대곡댐 바로 아래에 울산대곡박물관이 개관되었기 때문에 대곡천과 언양을 비롯한 서부 울산의 역사를 먼저

| **오리형 토기와 금동관** | 하삼정 고분군에서는 오리형 토기와 작고 예쁜 금동관 등이 출토되었다. 특히 오리형 토기는 유적의 추정연대를 초기철기시대까지 끌어올린 유물이라는 점에서 큰 의의를 지닌다.

공부하고 답사를 시작하는 이점이 생겼다. 대곡댐은 대곡천 상류의 수질을 보전하고 사연댐과 연계하여 수자원을 확보할 목적으로 1995년부터 10년간 공사하여 2005년에 완공했는데, 그 수몰 예정지에서 초기철기시대부터 통일신라시대를 거쳐 조선시대에 이르는 1만 3천여 점의 유물이 출토되어 울산대곡박물관이 세워졌다.

박물관 상설전시실 제1실에는 고문서와 고지도, 그리고 옛 그림의 복제화로 언양문화권을 소개하고 있는데, 〈경상도 읍지 언양현 지도〉는 언양과 반구대암각화가 있는 대곡천의 자연지리를

| 울산 조일리 고분군 출토 유물 | 울산내곡박물관에는 울산의 고내 고분들에서 출토된 유물들이 잘 전시되어 있어 천전리각석과 반구대암각화를 찾아왔다가 이곳에 들른 답사객들은 기대 밖의 보너스를 받은 기분이라고 흐뭇해한다.

일목요연하게 가르쳐준다.

　제2실에는 대곡천 유역의 생산과 유통이라는 주제로 토기, 분청사기, 옹기 등 생산유적이 전시되어 있어 가볍게 일별하게 되지만 제3실은 대곡천 유역의 고분 출토 유물을 전시하고 있어 눈길을 끈다. 특히 두동면 삼정리의 하삼정 고분군에 속한 2세기에서 7세기에 걸친 무덤 약 1천 기에서 나온 유물들이 전시되어 있다. 돌덧널무덤(석곽묘)에서 출토된 작고 예쁜 금동관과 금귀걸이, 옥구슬 목걸이 등이 있는데, 이 유물들을 근거로 이곳이 신라시대 왕경(王京), 그중에서도 사량부(沙梁部)에 속했던 것으로 추

| **하삼정 고분군 제1호분** | 울산대곡박물관 야외전시장에는 1천 기에 달하는 하삼정 고분군의 무덤들 중 8기를 이전해 전시하고 있다. 그중 제1호분 돌무지덧널무덤이 발굴된 모습이다.

정되고 있다. 사량부는 신라 6부의 하나로 경주최씨, 또는 경주 정씨의 고을로 생각되고 있다.

하삼정 고분군에서 출토된 토기 중 오리형 토기는 그 자체로도 아름답고 신비한 명품이지만 여기가 바야흐로 삼국시대가 시작되는 초기철기시대, 이른바 원삼국시대까지 올라가는 유적임을 말해주는 것으로, 청동기시대의 천전리각석과도 닿아 있음을 증언해준다는 점에서도 큰 의의를 지닌다.

박물관 밖으로 나오면 야외 전시장에 하삼정 고분군의 목곽묘, 적석목곽묘, 석실묘를 실제 모습 그대로 복원해놓아, 발굴이 어떤 것이고 고분 안에서 유물이 어떻게 출토되는지를 실감있게 알려

| 천전리 공룡 발자국 화석과 AR 백악기 공룡 체험 | 대곡천변에서는 중생대 쥐라기와 백악기에 살던 공룡 발자국이 약 130개 확인되었다. '천전리 백악기 AR 공룡 체험' 앱을 활용하면 백악기 공룡들의 모습을 증강현실로 만나볼 수 있다.

준다. 그래서 답사객들은 천전리각석과 반구대암각화를 답사 왔다가 망외의 '대(大) 보너스'를 받은 기분이라고 흐뭇해들 한다.

천전리각석 앞 공룡 발자국에서

나의 답사가 울산대곡박물관에서 시작하는 또 하나의 이유는 박물관 아래쪽에 있는 천전리각석에는 주차장이 따로 없기 때문이다. 그래서 답사회원들과 버스로 왔을 때는 울산대곡박물관부터 찾을 수밖에 없었다. 박물관 아래쪽으로 내려가서 조금 걷다 보면 대곡천을 가로지르는 장천교가 나오는데 이 다리를 건너 사뭇 계곡을 따라가면 천전리각석이 나온다. 그런데 장천교 다리를

| **천전리 계곡** | 기암절벽이 즐비한 천하의 절경은 아니지만 우리나라의 맑은 계곡이 가진 그윽한 정취를 유감없이 보여준다.

건너면 동향원이라는 아주 낡고 허름한 재활원 건물이 있어 선사 유적지 계곡과는 전혀 어울리지 않는 풍경에 잠시 당황하게 되는데, 한동안 여기가 인적 드문 오지였기 때문에 이런 시설이 들어왔으리라 짐작하고 이를 외면해 버리고 곧장 대곡천 계곡을 따라 들어간다.

천전리 계곡가의 천석들은 절벽에서 무너져내린 바윗돌들이 절벽의 수직선과 절묘하게 어울린다. 그대로 한 폭의 수묵산수화 같은 절경인데, 몇 해 전에 작고한 한국화가 우현 송영방이 그린 〈천전리소견〉이라는 수묵담채화가 그 어떤 사진보다도 이 분위기를 잘 전해준다.

| 송영방 〈**천전리소견**〉 | 종이에 수묵, 사이즈 45×62cm. 절벽에서 무너져 내린 바윗돌늘이 설벽의 수직선과 절묘하게 어울리는 절경을 잘 담아내었다.

우리의 답사 목표는 천전리각석이지만 이곳 안내판에서는 '천전리 공룡 발자국 화석'이 더 눈에 띈다. 천전리와 반구대의 대곡천변에서는 중생대 쥐라기(2억~1억 4천 5백만 년 전)와 백악기(1억 4천 5백만~6천 5백만 년 전)에 살던 공룡의 발자국이 약 130개 확인되었다. 스마트폰에서 '천전리 백악기 AR 공룡체험' 앱을 다운로드하고 실행시키면 백악기 공룡들의 모습을 증강현실로 만나볼 수 있는 장치도 설치되어 있었다.

천전리각석 맞은편 바위 위에도 여러 개의 공룡 발자국을 볼 수 있는데 나는 대개 여기서 천전리 답사를 시작한다. 그것은 공룡 발자국도 발자국이지만 이곳 너럭바위 위에서 계곡 건너 각석을 바라보면서 대곡천의 물소리를 들으면 천고의 자연과 벗하는 기분으로 너무도 마음 편하고 한가로워지기 때문이다. 기암절벽이 즐비한 천하의 절경은 아니지만 전형적인 우리나라 산천의 맑은 계곡이 갖고 있는 정취와 그윽한 멋을 유감없이 보여준다.

이는 나만이 느끼는 감정도 아니고, 오늘날의 답사객들만의 생각도 아니다. 1,500년 전 신라의 왕족과 화랑도 똑같이 이 계곡을 사랑하여 자신들이 다녀간 자취를 저 넓은 바위 절벽에 글로 새겨놓았다. 그것이 천전리각석이다.

천전리각석의 원명과 추명

천전리각석은 계곡 위쪽에 길이 9.5미터, 높이 2.7미터의 넓적한 바위가 땅바닥을 향해 15도로 기울어진 상태로 병풍처럼 펼쳐져 있다. 천전리각석이 풍화를 피해 잘 보존되어온 것은 바로 이 기울기 덕분이었다. 바위 위쪽에는 청동기시대에 그려진 것으로 추정되는 여러 형태의 추상무늬가 주류를 이루는 가운데 일부 신석기시대의 사실적인 그림들이 새겨져 있다. 하단부에는 훗날 신라 사람들이 새긴 글씨가 낙서처럼 어지러운 가운데, 명확하게 구획을 짓고 마치 책을 펼쳐놓은 모양으로 전후 두 차례에 걸쳐 써 놓은 긴 글이 있다. 이 두 글은 서로 연결되어 먼저 쓴 것을 원명(原銘), 나중 쓴 것을 추명(追銘)이라고 부른다.

1970년 발견 직후 당시(1988년에 울진 봉평리 신라비가 발견되기

| **천전리각석** | 거대하고 넓적한 바위가 땅바닥을 향해 15도로 기울어진 형태로, 신석기시대의 사실적인 그림부터 신라인들이 새긴 글씨들이 낙서처럼 어지럽게 표면에 나타나 있다.

전)로서는 가장 오래된 신라 금석문의 발견이었기 때문에 학계가 흥분하지 않을 수 없었다. 황수영, 임창순, 이기백 등 원로 금석학자와 역사학자가 달려들어 글자를 해독했는데, 그 내용이 6세기 전반 신라 법흥왕 때 왕가의 이야기여서 세상을 더욱 놀라게 했다. 학자들에게는 엄청난 기쁨이었다. 청명 임창순 선생이 1971년 6월 8일 천전리에 다녀오면서 탁본의 여백에 쓴 소견에는 그런 기쁨이 절절히 들어 있다.

이후 수많은 학자가 후속 연구를 진행하여 대략 원명은 12행 107자, 추명은 11행 184자 정도가 판독되고 있다. 글자의 판독과

| 원명과 추명 | 책을 펼쳐놓은 모양으로 두 차례에 걸쳐 써놓은 두 편의 글인 원명, 추명은 신라사를 규명하는 금석문 자료다.

해석에는 학자마다 차이를 보이지만 그 대략은 다음과 같다.

을사년(525)에 사닭부〔沙喙部〕의 갈문왕(葛文王)이 이곳을 찾아 놀러 와서 처음 골짜기를 보았다. 옛날부터 이름이 없던 골짜기였는데 좋은 돌을 얻어 (글씨를 쓸 수 있게 되어) (…) 서석곡(書石谷)이라 이름 짓고 글씨를 새겼다. 함께 놀러 온, 친구처럼 생각하는 누이〔友妹〕는 성스러운 덕이 빛처럼 오묘한〔聖德光妙〕 어사추여랑(於史鄒女郎) 님이다.

원명에는 뒤이어서 함께한 사람들의 이름이 나열되고 마지막

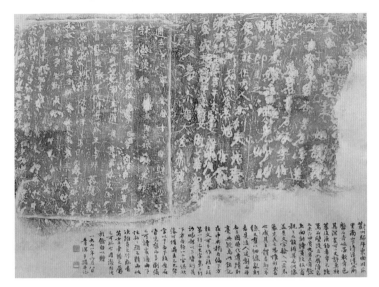

| 임창순의 천전리각석 탁본 | 원명과 추명의 내용은 6세기 전반 신라 법흥왕 때 왕가의 이야기를 담고 있어 학자들에겐 엄청난 기쁨이 되었다. 청명 임창순 선생은 자신이 만든 탁본의 여백에 환희의 소견을 남겨놓았다.

에 글씨를 쓴 사람의 이름이 밝혀져 있다. 내용인즉 법흥왕 12년 (525)에 사닭부를 다스리는 갈문왕이 누이 및 여러 사람을 데리고 이곳에 놀러와 바위에 글씨를 쓰고 계곡 이름을 서석곡이라 지었다는 것이다. 여기서 갈문왕이 누구이고, 벗으로 삼은 누이는 과연 누구인가는 그로부터 15년 뒤에 쓰인 추명에 나타난다.

지난 을사년(525) 6월 18일 새벽, 사닭부의 사부지(徙夫知) 갈문왕과 왕의 누이(王妹)인 어사추여랑 님께서 함께 놀러 오신 이후 ▨▨18▨▨▨이 지나갔다. 누이님을 생각하니 누이님은 죽었다. 정사

년(537)에 왕께서도 돌아가시니 그 왕비 지몰시혜비(只沒尸兮妃)가 애달프게 그리워하다가 기미년(539) 7월 3일 그 왕과 누이가 함께 보고 글을 써놓았다는 서석을 보러 계곡에 왔다. (…) 사부지왕의 아들 심▨부지도 함께 왔다.

추명에도 뒤이어 함께 온 사람들의 이름이 적혀 있고 밥을 지은 부인 3명의 이름이 남편들의 이름과 함께 밝혀져 있다. 내용인즉 사부지 갈문왕의 부인인 지몰시혜비가 죽은 남편을 생각하면서 남편이 사랑하는 누이와 함께 와서 글씨를 썼다는 서석곡에 왔는데 아들도 데려왔고 함께 온 여러 사람의 부인들이 밥을 지었다는 것이다.

여기서 추명을 쓴 사부지 갈문왕의 부인인 지몰시혜비는 여러 기록을 종합할 때 법흥왕의 딸이자 진흥왕의 어머니로 생각되고 있다. 그런데 사부지 갈문왕은 법흥왕의 동생이니 지몰시혜비는 삼촌과 결혼한 셈이 된다. 신라는 골품제 때문에 왕족 간의 근친혼이 적지 않았으니 이상할 것은 없다.

추명을 새긴 539년은 바로 법흥왕이 죽고 진흥왕이 어린 나이에 즉위하는 해이다. 그래서 학자 중에는 진흥왕이 왕위에 오를 수 있게 되자 그의 어머니 지몰시혜비가 죽은 남편을 생각하며 서석곡을 찾아온 것으로 해석하는 이도 있다.

아무튼 이 원명과 추명은 매우 공들여 쓴 글씨로, 사각형의 테두리로 구획을 그어놓았는데 그 외에 바위 이곳저곳에 새겨놓은

| **천전리각석 추상무늬** | 천전리각석의 주류를 이루는 것은 위쪽의 추상무늬들이다. 3중의 동심원, 4중의 나선형, 겹마름모꼴 등 추상 도안들이 무리지어 새겨져 있으나 청동기시대의 것으로만 추정될 뿐 그 의미는 명확히 규명되지 않고 있다.

글씨들은 대부분 화랑, 승려 등이 놀러 와서 자기들 이름이나 메시지를 새겨놓고 간 것이다. 이 또한 신라사를 규명하는 하나의 금석문 자료가 되고 있다.

천전리각석에는 이런 내력이 있기 때문에 바위 앞에 가면 글씨를 읽어보려고 애를 써보게 된다. 그러나 글자는 드문드문 대여섯 자만 간신히 읽을 수 있을 뿐 대부분 깨지고 뭉개지고 박락되어 눈에 잘 들어오지 않는다. 그래서 우리 같은 아마추어들은 이내 글자 위에 새겨져 있는 암각 그림으로 시선을 옮기게 된다.

| **천전리암각화 도면** | 천전리암각화는 당시의 생활상을 말해주는 일종의 '뉴스페이퍼 록' 즉 신문바위라고 할 수 있는데 아직까지 그 의미는 완전히 헤독되지 않고 있다.

천전리암각화

천전리각석은 발견 당시부터 신라시대의 가장 오래된 금석문으로 주목받았다. 그 내용이 또한 예사롭지 않아 학계의 관심이 여기에 집중되어 곧바로 국보로 지정되었다. 그러다보니 정작 그보다 오래된 청동기시대의 추상무늬는 뒷전으로 물러나 유적 명칭도 천전리암각화가 아니라 천전리각석이 되었다. 그러나 날이 갈수록 신라시대 이전에 새긴 암각화가 각석 못지않게 중요해지고 특히 반구대암각화와 연관 지어 이해할 때 엄청난 시너지 효과를 낳고 있어 요즘은 유적 명칭을 '천전리 암각화와 각석'으로

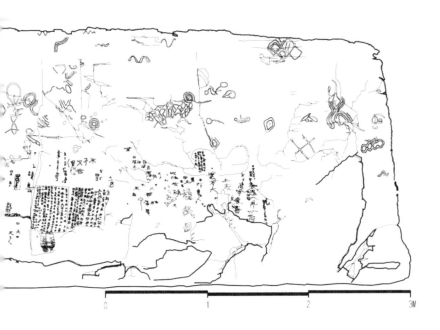

명기해야 한다는 합당한 주장이 일기도 한다.

천전리암각화에는 동물과 인물 그림이 곳곳이 퍼져 있다. 이것들은 인근의 반구대암각화와 마찬가지로 신석기인들이 남긴 자취로 보인다.

그러나 천전리암각화의 주류를 이루는 것은 위쪽에 있는 추상무늬들이다. 3중의 동심원, 4중의 나선형, 겹마름모꼴 등의 추상도안들이 예리한 '선쪼기 기법'으로 무리지어 새겨져 있다. 이 무늬들은 단독으로 표현한 것이 아니라 마름모꼴이 모서리를 맞대며 퍼지기도 하고 그 끝이 동심원과 연결되기도 하여 무언가 상징성을 지니고 있음이 분명하다. 도상이 무리지어 곳곳에 새겨져 있는 데는 명확한 의도가 있음이 분명한데, 그 의미도 도상 간의 연결성도 아직 명확히 규명되지 않고 있다. 막연히 군장이 갖는 권위, 제관의 신성함을 상징하는 추상무늬 정도로 추정할 뿐이다.

청동기시대의 추상무늬 암각화들

이 추상문양들은 다른 지역의 암각화들과 연결해야 풀릴 수 있을지도 모른다. 천전리각석 발견 이후 많은 청동기시대 암각화들이 약속이나 한 듯이 곳곳에서 발견되었다. 1971년 영남대 박물관이 발견한 고령 장기리(양전동)암각화는 낙동강변의 알터라는 작은 마을의 뒷동산 산비탈에 돌출된 높이 3미터, 폭 6미터의 바위 면에 새겨진 다양한 추상무늬들이다. 지름 약 20센티미터의 동심원이 4개, 가로 20센티미터, 세로 30센티미터의 사다리꼴 무늬가 29개다. 이 문양들은 시차를 두고 새겨진 듯 불규칙하게 퍼져 있다. 그중 3중으로 원을 그리고 그 안 4곳에 작은 점을 새긴 동심원은 태양을 상징하는 것으로 판단되지만, 사다리꼴 무늬에 대해서는 '검파(劍把)모양무늬'라고 부르며 부족의 경계를 표시한 것으로 해석하기도 하고 얼굴 모양에 머리카락과 털을 표현한 '가면모양무늬'라며 지신(地神)을 표현한 상징무늬로 생각하기도 한다.

이외에 포항 칠포리, 영주 가흥동, 남원 대곡리 등 10여 곳의

| 한반도의 암각화 | 1 영주 가흥동 2 포항 칠포리 3 고령 장기리

암각화에서 동심원, 마름모꼴, 고사리무늬, 가면모양무늬, 검파
모양무늬 등으로 불리는 기하학적 상징무늬들이 공통적으로 나
타나고 있다. 이들 간의 연관성을 고찰할 때 그 의미가 점점 밝혀
질 것으로 기대되지만 아직은 시원스런 해석이 나오지 않고 있
다. 나아가서는 시베리아, 중앙아시아와 몽골의 초원지대에서 보
이는 비슷한 형태의 암각화와 연관해서 여러 각도로 연구할 필요

| **뉴스페이퍼 록** | 미국 유타주 캐니언랜드 국립공원 안에는 2천 년 전부터 500년 전까지 이곳에 살던 사람들이 남긴 다양한 형태의 암각화가 새겨져 있다.

성만 강력히 제기되고 있는 상황이다.

뉴스페이퍼 록

그런 고찰 중 암각화들의 위치가 지닌 의미를 살피는 것도 아주 중요하다. 지금까지 알려진 청동기시대 암각화들이 그려진 바위는 모두 풍광 수려한 곳에 위치한다는 공통점이 있다. 이 때문에 신라시대에는 왕실 사람들의 나들이 터였고, 화랑들의 수양 장소로도 활용되었고, 나 같은 답사객이 찾아와 냇가에서 하염없이 쉬다 가는 곳으로 되어 있는 것이다.

| 뉴스페이퍼 록 표지판 | 선사시대 암각화에는 당시의 생활정보가 담겨 있다는 뜻에서 '뉴스페이퍼 록'이라는 이름이 붙었다.

그러나 이보다 더 중요한 것은 어딘지 귀기(鬼氣) 내지 신기(神氣)가 느껴지는 곳이라는 점이다. 달리 말하여 당시로서는 제의를 행하기 알맞은 곳이었다는 사실이다. 이와 연관하여 내 머릿속에 떠오르는 것은 아메리카 원주민들의 바위그림(petroglyph)이다.

1987년 나는 마침 한가한 때를 얻어 6개월간 미국 여러 도시의 박물관들을 두루 시찰한 다음 로스앤젤레스의 민족학교에 한 달간 머물면서 교민들을 상대로 한국미술사와 민중미술에 대해 강연회를 가졌다. 그때 민족학교를 운영하던 윤한봉이 고마움의 답례로 그의 은사인 문병란 시인과 함께 일주일간 아메리카 원주민들의 유적지를 여행시켜주겠다는 것이었다.

　그래서 그랜드캐니언을 시작으로 미국 서부 깊숙한 곳에 있는 '포 코너스'(Four Corners, 애리조나주·유타주·뉴멕시코주·콜로라도주 4개 주가 만나는 지점)까지 원주민들이 살던 자취를 답사했는데, 황량한 사막 속에서도 어딘지 신기 내지 귀기가 느껴지는 곳에는 반드시 어떤 형태로든 유적이 있었다. 그중에는 한 거대한 절벽에 2천 년 전 아나사지족, 푸에블로족부터 500년 전 나바호족까지, 이곳에 살았던 원주민들이 남긴 바위그림이 있어 우리나라로 치면 사적(National Register of Historic Places)으로 지정되어 있는데, 그 바위를 '뉴스페이퍼 록'(Newspaper Rock)이라는 이름으로 부른다. 즉 이 바위그림에 당시의 생활상을 말해주는 수많은 정보가 들어 있다는 뜻에서 '신문 바위'라고 이름 지었다는 것이다. 천전리암각화도 반구대암각화도 우리나라 선사시대의 '뉴스페이퍼 록'이라고 할 수 있을 텐데 아직 그림 언어가 해독되지 않고 있어 갑갑하고 안타깝다. 어서 MZ세대의 영재가 나타나서 줄줄 읽어주기를 기대해 마지않는다.

대곡천의 구곡정사 셋

　천전리각석에서 반구대암각화까지는 천변을 따라 15분 거리에 있는 울산암각화박물관을 거쳐 걸어가는 원시탐방로가 잘 정비되어 있다. 그러나 나는 여태껏 그 길로는 가보지 못하고 자동

| **대곡천 일원** | 태화강에서 발원한 상류 하천이다. 반구대암각화를 보기 위해 대곡천변을 따라 걷다 보면 S자로 굽은 수려한 경치와 함께 조선시대 문인들의 자취를 느낄 수 있다.

차로 다시 국도로 나가서 반구대삼거리에서 다시 꺾어 들어가 울산암각화박물관을 먼저 관람한 다음 거기서부터 대곡천을 따라 걸어 들어갔다.

대곡천의 계류는 대곡댐에서 사연호까지 산모롱이를 따라 크게 S자를 그리며 약 10킬로미터 구간을 흘러가는 셈인데, 대곡댐에서 흘러내려 첫 번째 굽이가 급하게 돌아가는 곳에 천전리각석이 있고, 두 번째 굽이가 길게 돌아가는 곳에 반구대암각화가 있으며 바로 그 아래가 사연댐이다.

우리의 답사 목표가 반구대암각화이기 때문에 모든 관심이 그쪽으로 쏠려 있는 상태로 왔지만 막상 이 대곡천으로 들어오면

| **반구대 절벽** | 집청정에서 대곡천을 바라보면 개울 건너로 준수하게 생긴 깎아지른 절벽이 펼쳐
지는데 이를 반구대라 한다. 엎드린 거북이(盤龜) 같은 모양의 절벽이라고 해서 붙은 이름이다.

조선시대 문인들의 자취가 먼저 나타난다. 이 풍광 수려한 곳을
조선시대 선비들이 가만 놔둘 리 만무하다 싶은 그윽한 계곡이다.
  조선시대 사대부들은 주자학을 이데올로기로 받아들이면서
주희가 무이산(武夷山) 아홉 굽이에 무이구곡(武夷九曲)을 경영한
것을 벤치마킹하여 제각기 풍광 수려한 계곡에 자신의 독자적인
구곡을 경영하며 학문적 수련과 휴식의 공간으로 삼았다. 이 구
곡의 정신은 '장수(藏修, 책을 읽고 학문에 힘씀)와 유식(遊息, 마음 편
히 쉼)'으로 요약된다. 율곡 이이의 석담구곡, 곡운 김수증의 곡운
구곡, 우암 송시열의 화양동구곡 등이 대표적인 예인데, 태화강
상류인 대곡천 유역에도 3개의 구곡이 있음이 밝혀졌다.

하나는 대부분 대곡댐에 수몰된 도와(陶窩) 최남복(崔南復, 1759~1814)의 백련구곡(白蓮九曲)이고, 또 하나는 대부분 사연댐에 수몰된 천사(泉史) 송찬규(宋璨奎, 1838~1910)의 반계구곡(磻溪九曲)이며, 천전리각석에서 반구대암각화에 이르는 이 계곡에 주인의 이름이 확인되지 않는 또 하나의 구곡이 있어 그 자취가 천변의 여러 바위 면에 '오곡(五曲)' '칠곡(七曲)' 등의 암각 글씨로 남아 있다.(『자연에서 찾은 이상향: 구곡문화』, 울산대곡박물관 2010)

반구대암각화를 보기 위해 대곡천변을 따라 걷다보면 구곡의 자취와 함께 조선시대 문인들이 한편으로는 수양을 하고 한편으로는 휴식을 취하던 공간이었음을 보여주는 집청정(集淸亭), 반구대(盤龜臺), 반구서원(盤龜書院)이 연이어 나온다.

반구대, 반구서원, 집청정

울산암각화박물관에서 나와 천변을 따라가다 한 굽이를 돌아서면, 길 왼쪽으로 기와돌담이 둘러 있는 일각대문 안으로 정면 3칸의 누마루가 번듯해 보이는 정자가 있다. 여기는 경주최씨 집안의 정자인 집청정이다. 집청정은 1713년에 운암(雲庵) 최신기(崔信基)가 건립한 것인데, 정조 때 대제학을 지낸 황경원(黃景源)이 쓴 「집청정기(集淸亭記)」를 보면 포은(圃隱) 정몽주(鄭夢周) 선생이 사랑하여 소요하던 곳에 제사를 지내는 사당은 있으나 정자가 없는 것을 안타깝게 여겨 구곡 경영의 정신으로 정자를 짓고 '구

| **집청정 가는 길** | 반구대암각화를 보기 위해 대곡천변을 따라 걷다보면 이곳이 한때 조선시대 문인들이 수양을 하고 휴식을 취하던 공간이었음을 보여주는 집청정이 보인다.

곡의 맑은 기운을 끌어 모은다(集淸之亭 謂其集九曲之淸也)'는 의미로 집청정이라 이름했다고 한다.

이후 집청정에는 건립 취지에 맞게 수많은 문인과 학자들이 유숙하면서 경치를 즐기고 정자 주인과 시를 주고받으며 많은 작품을 남겼다. 후손 최준식(崔俊植, 1909~79)이 펴낸 『집청정시집(集淸亭詩集)』에는 언양 지역의 선비들은 물론이고 인근으로 귀양 온 유배객에서 승려에 이르기까지 260명의 시 406수가 실려 있다.

집청정에서 대곡천을 바라보면 개울 건너로 준수하게 생긴 깎아지른 절벽이 펼쳐지는데 이를 반구대라 한다. 이 절벽의 모습이 마치 엎드려 있는 거북이(盤龜)와 비슷하다고 해서 붙여진 이

| **집청정** | 경주최씨 집안의 정자로 수많은 문인과 학자들이 이곳에서 유숙하고 경치를 늘기며 많은 시를 남겼다.

름이다. 이 반구대는 고려 말에 언양으로 귀양 왔던 포은 정몽주가 머물던 곳이라고 해서 일명 포은대(圃隱臺)라고도 불렸다. 조선 선비들에게 무한대로 존경받은 포은의 자취가 이렇게 여기에 서리면서 회재(晦齋) 이언적(李彦迪)은 경상도관찰사로 재임할 때 반구대를 찾았고, 한강(寒岡) 정구(鄭逑)는 반구대 가까이에 살고 싶어했다고 한다. 이에 언양의 유학자들은 숙종 38년(1712) 반구대에 정몽주·이언적·정구를 모신 반고서원(槃皐書院)을 창건하고 후에 반구서원(盤龜書院)으로 고쳐 불렀다.

그래서 반구대 물가 벼랑 아래에는 '반구(盤龜)' '포은대(圃隱臺)' '옥천선동(玉泉仙洞)' '학소대(鶴巢臺)' 등의 글자가 새겨져 있으며 관찰사 조석우(曺錫雨) 유애비(遺愛碑)를 비롯하여 이곳을 찾았던 관리와 선비의 이름이 새겨져 있다. 그리고 진경산수의 대가 겸재 정선도 반구대의 실경을 그린 작품을 남겼다. 반구서원은 흥선대원군에 의해 훼철되었고 본래 서원 자리가 사연댐으로 수몰되면서 근래에 계곡 건너편 쪽에 새로 복원되었다.

지금 계곡 건너 멀리 보이는 반구대에는 포은에 대한 추모와 반고서원의 역사에 대해 알려주는 세 개의 비석이 비각 안에 모셔져 있는데 포은대 영모비(永慕碑, 1885년), 포은대 실록(實錄, 1890년), 반고서원 유허비실기(遺墟碑實記, 1901년) 등으로 1965년 사연댐 건설로 이곳으로 옮겨온 것이다.

반구대암각화로 가는 길

반구대와 집청정을 지나면 길 왼쪽으로는 새로 건립한 반구서원이 나오고 조금 더 가면 몇 채의 가옥이 반구대안길의 마지막 마을을 이루고 있다. 여기부터는 누구든 차에서 내려 사뭇 걸어가야 한다. 반구대암각화로 넘어가는 지금의 길은 유적지로 정비되어 제법 넓고 편하게 닦여 있지만 원래는 아주 좁은 벼랑길로 위험했었음을 능히 짐작할 수 있는데, 가다보면 길가에 '연로 개수기(硯路 改修記)'라는 안내판이 나타난다. 이 글씨는 근래에 발견되어 2015년 발간된 도록『울산대곡박물관 상설전시』에 소개되면서 알려지게 되었다.

| 겸재 정선 〈반구〉 | 겸재 정선은 반구대를 방문해 〈반구〉라는 그림을 그렸다.

| 반구(盤龜) 암각 글씨 | 반구대 물가 벼랑 아래에는 '반구' 암각 글씨를 비롯해 이곳을 방문한 선비와 관리의 이름 등이 새겨져 있다.

'벼랑길'을 한자로 표기하면서 '벼룻길'로 음차하여 연로라고 했으니 우습고 재미있기도 하다. 개수기에는 "순치(順治) 12년 (1655, 효종 6) 2월 18일에 연로를 개수하는 공사를 했는데 시주는 아무개이고, 화주는 아무개이며, 석수는 방아무개이다"라고 쓰여 있다. 그렇게 좁고 위험했던 벼랑길이 지금은 국보로 지정된 유적지를 보러 가는 잘 닦인 탐방로가 된 것이다.

그러나 반구대암각화로 가는 길에는 여전히 험했던 옛길의 여운이 있어, 가다보면 대밭이 우거진 모롱이도 나오고 천변은 사

| 반구대암각화로 가는 길 | 본래 아주 좁고 위험한 벼랑길로 '연로'라고 불렸는데 지금은 암각화를 보러 가는 잘 닦인 탐방로가 되었다. 벼랑 아래에 연로 안내판이 세워져 있다.

연댐 이후 계곡의 폭이 넓어져 마구 자란 갯버들과 갈대가 어우러진 무성한 풀숲을 만나기도 한다. 그렇게 인적 드문 '연로'를 걸어가다보면 멀리 반구대암각화 지킴이들의 안내소가 보인다. 거기에서 계곡 폭이 넓기만 한 대곡천 건너 멀리 절벽에 암각화가 그려져 있는 바위를 바라보는 것이 답사의 종점이다.

반구대암각화의 고래 그림

반구대암각화에서는 고래, 사슴, 멧돼지, 거북이 등 동물 모습 146점, 인간 모습 11점, 배, 화살 등 사냥도구 13점 그리고 주제

| 반구대암각화 | 연로를 걷다 반구대암각화 지킴이들의 안내소가 보이면 그곳에서 대곡천 건너 멀리 절벽을 봐야 한다. 거기에서 암각화가 그려져 있는 바위를 바라보는 것이 답사의 종점이다.

를 확인하지 못한 도상 61점 등 총 231점의 그림이 확인되었다. 도상 하나의 크기는 10센티미터에서 50센티미터 안팎이다. 단기간에 제작된 것이 아니라 오랜 세월을 두고 계속 덧붙여진 것으로 어떤 경우는 기존 도상 위에 덮어 새긴 것도 있다. 조각의 기법은 면새김과 선새김 두 가지를 사용했다. 그중 가장 관심을 끌고 있는 것은 고래 그림이다.

　발견 당시 미술사학자와 고고학자들은 선사인들에게 고래 그림은 풍부한 식량의 상징이었을 것으로 생각하여 반구대암각화를 청동기시대 암각화로 추정했으나, 생물학자·지리학자·지질학자·식품영양학자 등 자연과학자들과 학제적 연구가 이루어지

| 반구대암각화 도면 |

면서 실제로 고래잡이를 했던 신석기시대인들의 유적으로 보는
견해가 제기되었다. 일각에서는 학자 중에는 청동기시대 유적으
로 보는 경우도 있지만, 현재 문화재 안내판에는 약 7천 년 전 신
석기시대 유적이라고 설명되어 있다.

　　신석기인들이 고래잡이를 했다는 근거는 울산만의 지형이 신
석기시대에는 지금과 사뭇 달라 고래 사냥에 아주 적합한 곳이
었다는 것이다. 울산만은 예나 지금이나 고래들이 회유(回遊)하
는 곳으로 포경 산업이 발달했는데, 신석기시대에는 바닷물이 내

| 가까이에서 본 반구대암각화 |

류 안쪽으로 훨씬 더 들어와 반구대 가까운 입암리 부근에는 내만(內灣)이 형성되어 있었다고 한다. 이를 지질학에서는 고울산만(古蔚山灣)이라고 하는데, 먹이를 쫓아서 또는 얕은 해안을 좋아하여 이곳으로 들어온 고래를 신석기인이 그물, 어책(魚柵), 작살, 화살, 배몰이를 이용하여 더 얕은 쪽으로 유도해 좌초시킴으로써 효과적으로 잡을 수 있었다는 것이다.

북방긴수염고래   흑등고래   들쇠고래

향고래   귀신고래   범고래   상괭이   고래

인물상들

| **반구대암각화의 주요 형상** | 암각화에는 다양한 고래 형상과 고래를 잡는 인간의 형상이 등장하는데 학자들은 이를 종합하여 신석기인들이 고래 사냥 장면을 암각화에 그린 것으로 보고 있다.

따라서 신석기인들이 망보는 사람, 여러 명을 태운 배, 활, 그물, 어책, 작살을 맞은 고래 등 고래 사냥 장면들을 암각화에 그린 것으로 보고 있다. 또한 생물학자들은 여기 그려진 고래의 다양한 모습에서 향유고래, 새끼를 머리 위에 얹고 데리고 다니는 고래(예전에는 이를 새끼를 밴 고래로 보았다), 물을 뿜고 있는 고래 등 고래의 종류와 생태를 구별해내고 있다. 고래의 꼬리를 옆으

| **인도네시아의 고래잡이 부족 라말레라** | 라말레라 사람들은 여전히 대나무 작살과 목선으로 고래를 사냥하며 생계를 잇고 있다. 이들 사회에서 '라마파'(작살잡이)가 되는 것은 큰 영예다.

로 휘게 그려 생동감을 나타내기도 하고 작살 또는 화살에 맞은 고래를 그린 것도 있다.

실제로 인도네시아의 어느 원주민 마을에서 지금도 7~8명이 노를 저어 바다로 나아가 작살로 고래를 잡는 모습을 TV 프로그램에서 한차례 방영한 적이 있다. 거기서는 뱃머리에서 고래의 등에 작살을 박아 넣는 사람을 라마파(Lamafa)라고 한단다. 울산 남구 황성동 유적에서는 작살 촉이 박힌 고래 뼈가 출토되어 지금 울산박물관에 소장되어 있을 뿐 아니라, 동해안의 신석기시대 조개더미 중 함경도 청진과 부산 동삼동 유적에서는 먹고 버린 고래 뼈가 수습된 바 있다. 이처럼 고울산만에서 고래 사냥이 가능했던 기간은 기원전 5000년에서 기원전 3000년 무렵까지이고 기원전 1000년 무렵이면 해안선이 바다 쪽으로 넓어져 더 이상 고래 사냥은 불가능했을 것으로 추정하고 있다.

암각화 그림의 상징성

반구대암각화의 전체 구성을 보면, 화면 오른쪽에는 고래 그림이 다양하게 나오고 왼쪽으로 갈수록 고래의 양이 적어진 반면에 멧돼지 등 뭍짐승 그림이 대부분을 이룬다. 이는 주된 사냥 대상이 어로에서 수렵으로 점점 바뀌어간 것을 반영한다. 새김 기법도 면새김에서 점차 선새김 위주로 바뀌었다.

반구대암각화에 대한 연구는 아주 풍부히 이루어져 이와 관련된 저술과 논문이 헤아릴 수 없이 많고, 다큐멘터리로도 여러 번 방영되어 지금도 유튜브(YouTube)를 통해 얼마든지 볼 수 있다. 또 이 그림들의 의미를 규명하기 위해서는 외국의 선례들을 참고할 필요가 있는데, 중앙아시아 초원지대의 암각화에 비슷한 예가 있어 도상 내용의 유사성과 연대측정 등에서 더 면밀한 비교 검토가 필요하다.

반구대암각화에 그려진 작살 맞은 고래는 프랑스 라스코 동굴벽화의 창에 꽂힌 들소 그림을 연상케 한다. 원시인류 사회에서 공통적으로 나타나는 현상 중 하나는 '유사한 행위는 유사한 결과를 낳는다'는 믿음이다. 그들은 그림 속에서 사냥감을 죽임으

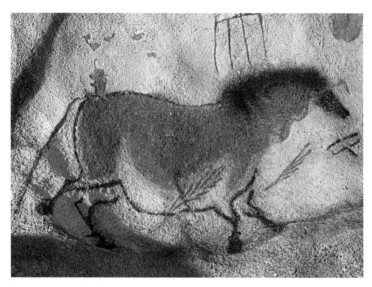

| 라스코 동굴벽화 | 반구대암각화에 그려진 작살 맞은 고래는 라스코 동굴벽화의 창에 꽂힌 들소 그림을 연상케 한다. 그림 속에서 사냥감을 죽임으로써 실제 사냥에서 풍성한 성과를 얻기를 기대한 것이다.

로써 실제 사냥에서 풍성한 성과를 얻을 수 있다고 생각했던 것이다. 뉴기니의 원주민들은 타조를 사냥할 때 타조 춤을 춘다고 한다. 이러한 것들을 '유감주술(類感呪術, homoeopathic magic)'이라고 한다.

　반구대암각화에 나타난 동물들 그림을 보면 최대한 사실적으로 표현하려고 노력했지만 인간의 모습은 동작을 설명하는 정도만 소략하게 그렸을 뿐이다. 즉 이들에게 중요한 것은 사냥감이었고 인간은 동작만 보여주면 그만이었다. 뱃머리에서 손을 눈 위에 얹고 고래가 어디에 있나 관찰하는 사람은 얼굴, 몸, 다리,

손으로만 간략하게 표현되어 있다. 그리고 선사인들에게 성(性)은 생산의 근원이기에 고래 있는 곳을 관찰하는 인물은 남근이 강조되어 있고, 한쪽엔 돼지가 교미하는 모습도 그려져 있다.

이 모든 것을 종합할 때 반구대암각화가 그려진 이 바위는 신석기인들이 신성하게 여겨 제의를 올리던 곳으로 생각된다. 그들은 심각한 식량 위기를 겪으면 여기에 사냥감을 그리면서 제사를 드리는 주술 행위를 했을 것이다. 어로와 수렵을 생활의 주요 방편으로 삼았던 신석기인은 풍요롭고 성공적인 사냥을 위하여 이 신성한 곳에 장구한 세월에 걸쳐 그림을 되풀이하여 그렸던 것은 아닐까. 모든 생명체는 영혼이 있다는 애니미즘, 영혼과 대화하며 기원하는 샤머니즘, 그리고 영혼을 신성하게 모시는 토테미즘 모두 이 반구대암각화에 서려 있는 것이 아닐까.

반구대암각화를 청동기시대 유적으로 보는 견해가 계속 제기되고 있지만, 청동기시대는 본격적으로 농경이 이루어진 시기인데 반구대암각화의 내용은 모두 어로와 수렵에 관한 그림일 뿐이고 농경에 관한 그림이나 청동기시대의 추상무늬가 보이지 않는다는 점에서 신석기시대의 유적으로 보는 시각이 더 설득력 있다.

울산의 박물관과 미술관

어느 도시를 가든 나는 그 지방 박물관과 미술관을 두루 살펴보는데 울산에서도 다 다녀보았다. 울산박물관과 울산시립미술

| **〈흙으로 빚은 여인〉과 고래뼈** | 울산 박물관에는 신석기 조각품인 〈흙으로 빚은 여인〉과 작살 맞은 흔적이 있는 신석기의 고래뼈 등이 전시되어 있다.

관은 과연 광역시의 문화시설답다. 울산박물관 1층은 어린이박물관, 영상관, 쉼터 도서관으로 교육프로그램이 이루어지는 공간이고, 2층에는 울산 지역 발굴품을 중심으로 전시되어 있는데, 울산엔 입암리 등 구석기시대 유적이 3곳, 신암리, 상대, 반구대 암각화 등 신석기시대 유적이 19곳 알려져 있어 선사시대 유물이 풍부하다. 그중 신암리에서 출토된 토르소 〈흙으로 빚은 여인〉은 우리나라 신석기시대의 대표적인 조각품이다. 또한 울산박물관은 고미술뿐 아니라 울산이 대한민국의 '산업수도'라는 자부심에서 나오는 '산업사관(産業史館)'으로 우리나라 산업의 발전 과정을 전시하고 있어 다른 지방의 박물관과 차별화된다.

근래에 개관한 울산시립미술관 또한 산업도시의 현대미술관

| 울산의 박물관 | 1 울산박물관 2 울산시립미술관 3 울산옹기박물관 4 울산고래박물관

답게 비디오아트를 비롯한 첨단미술 전시관으로는 국내 어디에
서도 따라올 수 없는 명성을 갖고 있다. 울산시립미술관은 또 '울
산 원도심'의 문화 공간에 위치해 있는데 옛 울산현의 동헌과 내
아 건물을 이웃하고 있어 전통과 현대가 잘 어우러진다. 시내 중
구엔 울산이 낳은 국어학자 외솔 최현배(崔鉉培) 선생을 기리는
외솔기념관도 있다.

　울산 외곽의 울주군에는 울주민속박물관이 있고, 외고산 옹기
마을에는 울산옹기박물관, 남구에는 장생포고래박물관이 있어
한차례씩 답사를 해보았는데 언양 답사라면 반드시 가볼 곳이 따
로 두 곳 있다.

오영수문학관과 언양 고인돌

언양읍성에서 얼마 떨어지지 않은 화장산 아래에는 「갯마을」의 소설가 오영수(吳永壽, 1909~79) 선생을 기리는 오영수문학관이 있다. '한국인의 정서와 원형적 심상을 담아낸 작가'로 존숭받는 오영수 선생은 이곳에서 태어나 이곳 선영에 묻힌 언양 사람이다. 오영수문학관에는 선생의 생전 모습을 엿볼 수 있는 원고지, 사진, 책, 붓과 벼루 등이 전시되어 있는데 그중에는 〈작가 오영수〉라는 강렬한 데스마스크 조각이 있어 우리의 눈길을 사로잡는다.

오영수 선생의 데스마스크는 그의 큰아들인 오윤의 작품이다. 오윤은 민중미술 목판화로 잘 알려져 있지만 본래는 조소과 출신이어서 부친의 생애 마지막 순간을 조각으로 떠내어 영원한 기록으로 남긴 것이다. 나는 개인적으로 오윤 선배와 가깝게 지내며 수유리 그의 집에 놀러갔을 때 오영수 선생께 한번 인사드린 적도 있으니 언양에 왔으면 마땅히 다녀가는 것이 도리라고 생각해 찾아왔지만, 답사객들도 언양 답사의 여운을 즐길 만한 참으로 편안한 문학관이라고 좋아들 했다.

그러나 언양 답사의 진짜 마지막 여운을 느끼게 하는 곳은 오영수문학관에서 언양읍성으로 나가는 큰길(24번 국도) 아래쪽 푹 꺼진 빈터(언양읍 서부리 234-6번지)에 어린이 놀이터와 함께 있는 언양 고인돌이다. 이 고인돌은 길이 8.5미터 높이 5.3미터로

| 오윤 〈애비와 아들〉 | 오영수의 아들 오윤은 1980년대 민중미술의 상징적인 화가로 〈애비와 아들〉은 그의 대표작 중 하나이다.

| 소설가 오영수 흉상 | 「갯마을」로 유명한 소설가 오영수는 언양 출신으로 그를 기리는 오영수문학관이 세워져 있다.

덮개돌의 무게가 약 300톤으로 추정되어 김해 구산동 고인돌(약 350톤)에 이어 우리나라에서 두 번째로 큰 고인돌로 꼽히는 대작이다. 덮개돌이 사다리꼴 모양으로 비스듬히 얹혀 있는데 중요한 것은 높이 약 3미터의 튼실한 받침돌 6매가 받치고 있어서 이것이 그냥 바위가 아니라 고인돌임을 명확히 말해준다는 점이다.

서부리 주민들은 이 고인돌을 '용바우'라고 부르며 오랫동안 신성하게 여기고 치성을 드렸다고 한다. 그러나 이 집채만 한 바위가 주민들이 말하는 '용바우'가 아니고 청동기시대 이 지역 지배층의 무덤인 고인돌임을 이 받침돌들이 확실히 증명한다. 그러

| **언양 고인돌** | 주민들이 '용바우'라고 부르며 신성화하던 이 고인돌은 언양에 남아 있는 청동기시대의 자취 중 하나이자 언양 선사시대 답사의 종점이다.

니까 이 고인돌 역시 천전리각석에 추상무늬를 새기던 분들이 살던 시절의 유적인 것이다. 다만 아쉬운 것은 고인돌은 본래 여러 기가 모여 있는 것이 특징인데 아마도 아파트를 개발하면서 여기 있었을 작은 고인돌들을 걸리적거리는 장애물로 생각하여 어디론가 치워버리고 단지 이 거대한 고인돌만은 어쩌지 못하여 이 자리에 그냥 남겨둘 수밖에 없었던 것이 아닌가 싶다.

다행히도 이 거대한 고인돌이 남아 있어 언양의 청동기시대 자취가 이곳 읍내까지 펼쳐져 있음을 증언해주고 있다. 그래서 나는 언양 선사시대 답사의 종점을 여기로 삼는다.

고구려

1

— 만주 압록간 —

강은 가르지 않고,
막지 않는다

　국토박물관 순례를 시대별, 왕조별로 집필해오면서 고구려 답사처를 어디로 할 것인가 고민이 많았다. 고구려의 수도 평양은 이미 『나의 문화유산답사기』 4권 북한편으로 펴냈고, 남한에 있는 대표적인 고구려 유적지인 중원 고구려비는 8권 남한강편에서 이미 다루었다. 그러면 남는 것은 고구려의 옛 수도인 중국 만주의 환인(桓仁, 환런)과 집안(集安, 지안)밖에 없다.

　그러나 모두가 알고 있듯이 중국은 동북공정 이후 한국인의 고구려·발해 유적 답사를 엄하게 통제하고 있다. 광개토대왕릉비를 유리창으로 막은 것은 이미 오래전의 일이고, 고구려의 도읍지인 환인과 집안의 박물관 내부 사진 촬영이 금지된 것은 물론 한때는 오녀산성(五女山城)이 있는 오녀산 자체의 사진 촬영까

지도 속 지명: 흑룡강성, 하얼빈, 송원, 부여, 장춘, 길림성, 연길, 무산, 요령성, 심양, 백두산, 통화, 임강, 장백, 요양, 본계, 환인, 집안, 혜산, 해성, 만포, 관전, 봉성, 의주, 북한, 단동, 신의주, 대련, 황해, 평양

| **만주 또는 동북삼성** | 고구려와 발해의 무대였던 이 지역의 이름은 만주인데 오늘날에는 공식적으로 동북삼성(요령성·길림성·흑룡강성)이라고 부른다.

지 금지했다고 한다. 당장은 현장을 다시 답사해도 별 성과가 없을 것이 뻔하다.

이에 나는 지난 세월 서너 차례 만주 땅의 고구려 유적지를 답사해온 경험을 쓸 수밖에 없는데, 그중 2000년 9월 『중앙일보』가 창간 35주년을 맞이하여 기획한 '압록·두만강 대탐사단'의 일원으로 고구려·발해 유적을 찾아 만주를 다녀온 추억의 답사기를 쓰기로 마음먹었다. 2000년 9월 8일부터 23일까지 장장 14박 15일 일정으로 만주로 떠난 이 답사단은 각 분야 전문가 10명과 현지 조선족 문인 2명, 『중앙일보』 기자 3명 등 15명으로 구성되었으며, 내가 그 단장을 맡았다.

국내 학자 및 문인: 신경림(시인), 원종관(강원대 교수. 지질학), 김주영(소설가), 유홍준(영남대 교수. 미술사), 안병욱(가톨릭대 교수. 한국사), 승효상(건축가), 이종구(화가), 송기호(서울대 교수. 발해사), 김귀옥(서울대 사회과학연구원 연구원·사회학), 여호규(현 한국외국어대 교수. 고구려사)
현지 조선족 학자 및 문인: 고(故) 류연산(연변 작가), 안화춘(연변 사회과학원 연구원. 독립운동사)
『중앙일보』 기자: 이근성(문화부장), 정재왈(문화부), 장문기(사진부)

답사를 마치고 돌아온 답사단은 그해 9월 22일부터 12월 6일까지 총 15회에 걸쳐 돌아가면서 기고하여 매주 수요일마다 신문

| 만주로 떠난 답사단 | 2000년 9월 8일부터 23일까지 14박 15일 일정으로 만주로 떠난 답사단 은 각 분야 전문가 10명과 현지 조선족 문인 2명, 『중앙일보』 기자 3명 등 15명으로 구성되었다.

한 면 전체에 실었다. 지면마다 장문기 기자의 사진과 이종구 화 백의 그림도 곁들였다. 나는 그중 2회를 기고했다. 절찬리에 연재 된 이 특별기획의 제목은 '강은 대륙을 열고 있네'였다.

심양으로 가는 비행기에서

2000년 9월 8일 아침 7시, 압록·두만강 탐사단은 김포국제공 항에 집결했다(인천국제공항은 이듬해인 2001년에 건립되었다). 탐사 단은 수인사를 나눈 뒤 여호규 교수가 만들어 온 답사 자료집을 나누어 받았는데, 700면 분량에 접혀 있는 유적지 지도만 17장이었다. 무거워서 한 손으로 들 수도 없었다. 일행들은 자료집 두께에 놀란 동시에 이번 답사가 만만치 않을 것임을 직감했다.

이어서 15일간 2인 1실로 한 방을 쓰게 될 짝을 배정했는데 좌장 격인 신경림 시인은 나를 지목했다. 신경림 선생과 나는 1980년대의 험한 세월을 보내면서 한국민족예술인총연합 활동을 통해 자주 만났다. 나는 신 선생을 존경했고 선생은 나를 기특하게 생각하여 답사도 여러 번 같이했다. 선생의 민요기행이 나의 문화유산답사기보다 먼저 시작되었다.

그리고 우리는 똑같이 바둑 아마 3단 맞수여서 내기 바둑을 수없이 두었다. 말수가 간단명료한 신 선생은 답사 코스가 더없이 좋기도 하지만 실컷 바둑을 둘 수 있다는 것이 큰 매력이어서 군말 않고 동행하게 되었다며 내게 물었다.

"바둑판과 알은 갖고 왔겠지?"
"물론이죠. 트렁크에 싣고 왔어요."

비행기에서 곁에 앉은 신경림 선생은 무거운 자료집을 힘겹게 선반 위에 올려놓고는 내게 말했다.

"세상에 이렇게 무거운 자료집은 처음 보네. 유 교수와 붙어 다니는데 뭐 필요하겠어. 족집게 과외도 받을 수 있는데. 일단 심양(瀋陽, 선양)으로 간다고 했지?"

"그럼요. 심양은 만주의 대도시이자 중국인들이 말하는 '동북 삼성'의 중심지죠."

동북삼성이란 요령성(遼寧省, 랴오닝성), 길림성(吉林省, 지린성), 흑룡강성(黑龍江省, 헤이룽장성)을 말한다. 그런데 중국은 역사의 격변을 거칠 때마다 통치 방침에 따라 곧잘 지명을 바꿔 불렀다. 본래 이곳 이름은 만주(滿洲)인데 오늘날 의도적으로 거의 사용하지 않고 공식적으로 동북삼성이라고 한다. 우리 입장에서는 넓은 의미의 간도 땅이다. 나는 신 선생에게 넌지시 말을 건넸다.

"선생님, 이태준 소설 「농군」 읽어보셨어요?"
"그거야 읽어봤지. 상허의 대표작 중 하나인데."
"이태준이 그 「농군」을 쓰기 위해 1934년에 만주에 다녀오면서 「만주기행」을 썼잖아요. 그때 이태준은 신의주 건너 안동(安東)에서 기차 타고 일단 봉천(奉川)까지 가서 특급열차로 갈아타고 신경(新京)으로 갔거든요. 그 안동이 지금의 단동(丹東, 단둥)이고 봉천이 심양이에요."
"그러면, 신경은 어디야?"
"신경이 장춘(長春, 창춘)이죠. 요령성 성도인 심양이 봉천이고, 길림성 성도인 장춘이 신경이고, 흑룡강성 성도는 그대로 하얼빈(哈爾濱)이죠."
"아, 그렇구나. 심양이 봉천이구나. 일제가 만주국에 세운 봉천

| **심양고궁** | 1625년 누르하치가 선양을 후금의 도읍으로 정하고 짓기 시작하여 제2대 황제 홍타이지가 1636년에 완성한 궁으로 베이징으로 천도하기 전까지 9년 정도 황궁으로 사용했으며 이후 행궁으로 이용했다.

군사학교가 바로 이곳 심양에 있었구나. 이제 만주 지도가 머리에 들어오네. 그 얘기 좀 해봐."

비행기 안에서 나는 심양이 봉천이 되었다가 다시 심양이 되는 긴 이야기를 시작했다.

심양에서 봉천으로
심양은 오늘날 동북삼성의 교통 중심지로 인구 약 900만 명

(2022년 기준)의 광공업 도시지만 고조선, 부여, 고구려, 발해로 이어지는 우리 고대국가의 북쪽 주무대였고, 거란의 요나라, 여진족이라고도 불리는 만주족 금나라의 수도를 거쳐, 청나라 때가 되면 만주에 남은 만주족의 중심지 역할을 했다.

심양(沈阳)은 원래의 한자 이름인 심양(瀋陽)을 간체자로 바꾼 것으로 만주를 가로지르는 심수(瀋水, 오늘날의 혼하渾河)의 북쪽에 있어서 심양이라고 했다. 풍수에서 산은 남쪽이 양(陽)이지만 강은 북쪽이 양이다. 서울이 한강의 북쪽에 있기 때문에 한양이라고 불린 것과 마찬가지다.

만주족의 누르하치(청 태조)는 심양을 점령하고 1625년에 후금(後金)을 건국하면서 요양(遼陽, 랴오양)에 있던 본거지를 이곳으로 옮겨 수도로 삼고 성경(盛京, 만주어로는 '묵단')이라 불렀다. 그러다가 1645년 마침내 중원을 점령한 청나라가 수도를 연경(燕京, 오늘날의 북경)으로 옮기면서 심양에는 예우 차원에서 봉천부(奉天府)를 두어 그때부터 봉천이라 불려왔다.

봉천에서 다시 심양으로

청나라 말기 군벌들이 득세할 때 봉천은 장작림(張作霖, 장쭤

| 〈조선인만주개척농민입식도〉 | 일제는 만주 개발을 위해 우리나라의 궁벽한 산골마을 인구 전체를 강제로 만주에 이주시키고 그 현황을 보여주는 지도까지 만들었다. 이태준은 이 입식마을에 사는 우리 농민들의 실태를 보고 「만주기행」을 썼다.

圖植入民農拓開洲滿人鮮朝

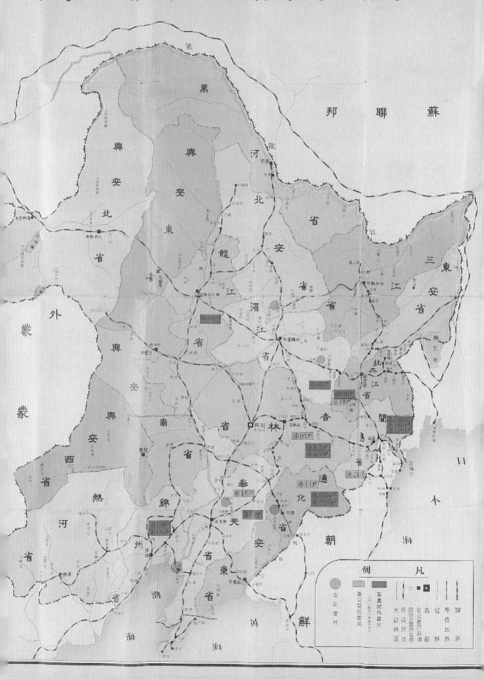

린)·장학량(張學良, 장쉐량) 부자의 본거지였다. 1929년 장학량은 봉천을 옛 이름인 심양으로 바꾸었다. 그러나 1932년 일제가 만주국 괴뢰정부를 세우면서 심양을 다시 봉천으로 바꾸었다. 이때 일제는 괴뢰정부 청사를 길림성의 성도인 장춘에 두면서 그곳 이름을 새 서울이라는 뜻을 담아 신경이라고 했다.

봉천과 신경 일대는 독립운동과 관계된 곳이었다. 「진도아리랑」에 "만주야 봉천은 얼마나 좋은가/꽃과 같은 나를 두고 만주 봉천을 가는가"라는 가사가 있을 정도다. 1920년 대한독립군 홍범도 장군의 봉오동전투에서 큰 피해를 본 일제는 그 보복으로 서북간도에서 2개월간 8개 현에서 3,600여 명의 조선인을 살해하고 가옥 3,200채와 학교 41곳, 교회 16곳을 불태우는 대학살 사건을 저질렀다. 이를 경신참변(庚申慘變)이라고 하는데, 이후 독립운동단체들은 무대를 두만강 너머 북간도에서 만주의 심장부 쪽으로 넓게 퍼져 결국 남만주, 북만주 양대 세력으로 재편되었던 것이다.

일제는 신경 아래쪽을 남만주라고 부르며 이곳 미개척지 곳곳에 해마다 강원도, 전라도, 경상도 산간 마을 사람들을 통째로 강제 이주시켰다. 이를 '조선인 만주 개척 농민 입식(入植)'이라고 했다. 이태준의 「만주기행」은 만주로 강제 입주된 이들이 사는 모습을 취재한 것이었고 소설 「농군」은 이를 따뜻한 동포애로 그린 이야기다.

| **만주국 육군군관학교** | 신경군관학교라고 불리기도 했다. 만주계와 일본계 학생을 선발했고 조선인과 대만인은 만주계에 포함되기도, 일본계에 포함되기도 했다.

봉천군관학교와 신경군관학교

만주국 시절에는 이곳에 봉천군관학교와 신경군관학교가 있었다. 봉천군관학교의 정식 명칭은 만주국 중앙육군훈련처로 1932년에 만주국 괴뢰정부가 출범한 직후 중국 군벌 출신 장교와 예비역 일본군을 단기 재교육한 후 장교로 임관시키는 군사학교였으며 2년제였다. 여기서 조선인 약 40명이 배출되었는데 정일권(5기), 백선엽(9기) 등이 봉천군관학교 출신이다.

신경군관학교(만주국 육군군관학교)는 예과 2년제, 본과 2년제의 4년제 육군사관학교로, 만주계 200여 명과 일본계 200여 명을 선발했다. 조선인과 대만인은 만주계에 포함되기도, 일본계에 포함되기도 했다. 그리고 일본계 전원과 만주계 우등 사관생도는 예과 수료 후 일본 육군사관학교에 편입할 수 있었다. 박정희는 신경군관학교 2기의 만주계 수석 졸업생으로 일본 육군사관학교에 들어갔다. 이후 조선인 생도는 5기부터 전원 일본 육군사관학교로 진학했다고 한다.

일본이 패망하면서 신경은 다시 장춘이 되었고 봉천은 심양이 되었다. 그런데 중국이 문자를 간체로 바꾸면서 강 이름 심(瀋)자가 가라앉을 심(沈)자로 간소화됐으니, 옛날에는 하늘을 받드는 봉천이던 것이 이제는 해가 가라앉는 심양으로 변한 셈이다. 그러나 간체는 표의(表意)문자가 아니라서 아무렇지 않게 쓰이고 있다.

심양에서

우리의 비행기가 황해를 넘어 중국 대륙으로 들어서자 흘러가는 새털구름 사이로 만주 땅 요령성의 들판이 무한대로 펼쳐졌다. 구름 속에 갇혔다 다시 나타났다를 반복하면서 아슴푸레하게 드러나는 요령 땅을 보는 순간 다른 생각을 할 겨를도 없이 저 들판은 고조선부터 부여, 고구려를 거쳐 발해까지 길게는 4천 년, 줄여 잡아도 2천 년 우리 조상들이 삶을 일구던 터전이었거니 하는 생각이 부지불식간 일어났다.

중국인들은 우리가 이런 생각을 갖고 있고 또 만주 땅에 와서

| **요령성박물관** | 중국의 각 성마다 있는 박물관 중에서도 소장품이 뛰어나기로 유명하다. 우리의 눈길을 끈 것은 고구려 첫 도읍지인 환인 오녀산성에서 출토된 와당과 고구려 고분벽화 복원 전시실이었다.

이를 대놓고 말하는 것을 아주 못마땅하게 여기고 있지만, 그것은 영토를 침략하겠다는 속마음에서 나오는 것이 아니라 한국인이라면 누구나 갖고 있을 역사적 회상이자 정체성이고 DNA임을 어쩔 수 없다.

공항에 도착하여 우리는 가볍게 점심식사를 한 후 호텔에 짐을 풀어놓은 뒤 심양 시내를 둘러보았다. 심양은 중국의 성도(省都) 중 큰 편은 아니지만 당시에도 인구 680만 명의 대도시였다. 그런데 도시의 유래와는 달리 한족이 92%이고 만주족을 비롯한 소수민족은 8%에 불과하다고 한다. 우리는 심양의 대표적인 유적지인 심양고궁(瀋陽故宮)을 둘러보고 요령성박물관을 답사했다 (심양고궁은 언젠가 쓰게 될 '열하일기 답사기'에서 이야기하기로 하고 넘어간다).

요령성박물관은 중국의 각 성(省)마다 있는 박물관 중에서도 소장품이 뛰어나기로 유명하다. 특히 청나라 시대 회화와 서예의 대표작을 많이 소장하고 있는데, 당시 우리가 특히 눈여겨보았던 것은 고구려의 첫 도읍지인 환인의 오녀산성에서 출토된 와당(瓦當)을 비롯한 유물들과 고구려 벽화고분의 내부를 재현해놓은 전시다. 그리고 고구려 두 번째 수도인 집안의 국내성(國內城)에서 출토된 고구려시대 유물도 다수 전시되어 있어 자세히 살펴보면서 이번 답사의 서막으로 삼았다.

심양 시내 답사를 마친 뒤 우리는 북한 식당에서 거나한 저녁 식사를 했다. 어딜 가나 북한 식당에서는 담백한 북한 음식도 맛있지만 식당 복무원들의 상냥하면서도 씩씩하게 손님 대하는 말솜씨와 서슴없이 불러주는 노래가 일품이다. 특히 「심장에 남는 사람」이라는 노래가 아주 감동적이었다.

인생의 길에 상봉과 이별/그 얼마나 많으랴/헤여진대도 헤여진대도/심장 속에 남는 이 있네/아 그런 사람 나는 못 잊어/오랜 세월을 같이 있어도/기억 속에 없는 이 있고/잠깐 만나도 잠깐 만나도/심장 속에 남는 이 있네/아 그런 사람 나는 귀중해

186

| **고구려 고분벽화 복원 전시실** | 요령성박물관에는 실물대의 모형으로 고구려 고분 내부를 재현해놓아 무덤 구조와 벽화 내용을 쉽게 살펴볼 수 있다.

아주 짧고 간단한 가사지만 심장 속에 깊이 박히는 아련한 노래다. 식사 후 숙소로 돌아온 나는 신경림 선생과 바둑 세 판을 두고 잠자리에 들었다.

단동으로 가는 길

9월 9일, 답사 2일차. 우리의 국경선 답사가 본격적으로 시작되었다. 우리는 심양을 출발하여 신의주와 마주하고 있는 압록강의 국경도시 단동을 향해 출발했다. 심양에서 단동까지는 340킬로미터, 차로 5시간 거리다. 중간에 봉성(鳳城, 평청)에 들러 점심식사를 한 후 고구려 산성인 봉황산성(鳳凰山城)을 답사하고 가면 2시 조금 지나서 단동에 도착한다고 했다.

심양에서 단동으로 가는 길은 요동(遼東) 땅의 진면목을 보여주었다. 차창 오른쪽(서쪽)으로는 요동 벌판의 지평선이 무한대로 펼쳐졌다. 보이는 것이라고는 논밖에 없었다. 왼쪽(동쪽)으로도 드넓은 벌판 저 멀리 긴 산자락이 아슴푸레하게 따라오고 있었다. 우리의 버스가 산자락 가까이를 지날 때는 바람에 물결치는 옥수수밭이 따라붙었다.

한참을 가다보니 본계(本溪, 번시)를 지나가는데 고구려의 첫 도읍인 환인으로 직접 가자면 여기서 동쪽으로 꺾어 멀리 보이는 산자락 너머로 들어가야 한다고 했다. 본계, 단동, 환인이 그리는 삼각형 안쪽은 깊은 산골이라는 것이다. 그 말을 듣고 보니 환인이 비좁아 집안으로 수도를 옮겼다는 말이 무엇인지 알 만했다.

우리의 버스는 그렇게 오른쪽으로는 요동 들판, 왼쪽으로는 먼 산을 두고 계속 달렸다. 이때 현지 가이드가 제 몫을 한답시고 마이크를 잡고 해설 아닌 이야기를 시작하는데 가관이었다. 쓸데없는 얘기만 주저리주저리 늘어놓고 나중에 가서는 우스갯소리를 한 다음 '이건 다 거짓말입니다' 하는 바람에 어디까지 믿어야 할지 가늠할 수가 없었다. 답사에서 가장 신경 쓰이는 것이 잠자리, 식사, 버스, 가이드인데 이번 가이드 김아무개는 내가 만난 해외 가이드 중 두 번째로 엉터리였다.

이럴 때 내가 쓰는 수법은 가이드가 마이크를 잡지 못하게 내가 해설하거나 일행 중 한 명에게 마이크를 넘기는 것이다. 심양에서 지금은 작고한 연변(延邊, 옌볜 조선족자치주)의 작가인 류연산 선생이 합류했기에 자기소개를 부탁했다.

서글서글하게 생긴 류 선생은 연변작가협회 이사로 장편 기행문 『혈연의 강』 등을 펴내기도 했는데, 내가 쓴 『나의 문화유산답사기』를 읽고 자극을 받아 만주 답사기를 쓰기로 마음먹어 『송화강 오천 리』(1996), 『흑룡강 칠천 리』(1997) 등의 답사기를 펴냈다고 했다. 나로서는 참으로 반갑고 고마운 인사였지만 내 칭찬이 들어 있어서 민망하기도 했다. 이번엔 마이크를 여호규 교수에게 넘겨주고 지금 우리가 가고 있는 봉황산성의 해설을 부탁하니 역시 고구려사 전공자답게 설명해주었다.

"고구려는 산성의 나라였습니다. 후기에 들어오면 전국을 5부(部) 176성(城)으로 조직했습니다. 그리고 5개 권역 아래 주요 거점들로 안시성(安市城), 백암성(白巖城), 오골성(烏骨城), 박작성(泊灼城) 등을 설치했는데, 우리가 가고 있는 봉황산성이 오골성으로 비정되고 있습니다. 그리고 내일 우리가 단동을 떠날 때 들르게 될 호산장성(虎山長城)은 박작성으로 생각되고 있습니다. 박작성은 압록강변에 바짝 붙어 있어 강 건너 의주성과 마주하고 있습니다. 평양성에서 의주성, 박작성, 오골성, 안시성을 거쳐 요동성에 이르는 방어선에 고구려의 주요 산성들이 있습니다."

여호규 교수의 유수 같은 설명을 듣고는 곁에 앉은 신경림 선생이 내게 들은 소감을 말했다.

"간단명료해서 머릿속에 쏙 들어오는구먼. 설명은 저렇게 쉽고 짧고 간단해야 돼. 짧게 한다는 게 실력이지."

봉황산성

봉성은 명색이 시(市)인 만큼 작지 않은 도시였다. 봉황산성은 봉성 시내에서 동남쪽으로 4킬로미터 떨어진 봉황산에 자리잡고 있다. 봉황산은 압록강 하구와 요동평야 사이의 천산(千山)산맥 협곡 남쪽 끄트머리에 있는 길목으로 중국 경내에서 확인된 고구려 산성 중 규모가 가장 크며 여호규 교수의 말대로 문헌상에 나오는 오골성으로 비정되고 있다. 그래서 봉황산성의 동쪽 봉우리는 고구려 성이 있는 산이라고 해서 고려성자산(高麗城子山)이라고 부르며, 남쪽 2.5킬로미터 지점에는 고려문역(高麗門驛)이라는 역이 있었는데 2022년에 일면산역(一面山驛)으로 개명되었다.

봉황산은 보기에도 경치가 수려하고 산세가 험준했다. 세월이 흘러 지금 성문은 전형적인 중국의 관문이 되어 있지만, 고구려 시대에는 봉황산 주봉에서 좌우로 뻗어내린 험준한 능선을 천연 성벽으로 삼고 능선 사이의 낮은 곳에는 인공 성벽을 쌓아 방비

| 멀리 보이는 봉황산성 | 봉성시에서 동남쪽으로 4킬로미터 떨어진 봉황산에 사리 잡고 있는 싱이다. 고구려 산성 중에서 집안의 환도산성, 평양의 대성산성과 함께 가장 규모가 큰 편에 속한다.

했다. 천연 성벽이 87곳, 인공 성벽이 86곳에 이를 정도로 거대한 성벽이다. 전체 둘레는 약 16킬로미터에 달한다고 한다. 석축 성벽의 높이도 평균 7.5미터나 된다.

　험준한 능선으로 둘러싸여 있지만 산성 내부에는 넓은 평지가 있어 지금도 마을이 자리 잡고 있으며, 산성 내부는 대부분 밭으로 경작되고 있다. 『요동지(遼東志)』에 "10만 명을 수용할 수 있다"고 했으며, 『한원(翰苑)』에 인용된 『고려기(高麗記)』 기록에는 다음과 같이 쓰여 있다.

| **봉황산성** | 천연 성벽이 87곳, 인공 성벽이 86곳에 이를 정도로 거대한 성이다.

언골산(焉骨山, 또는 오골산烏骨山)은 나라 서북쪽에 있는데 평양에
서 700리 거리다. 동서에 깎아지른 절벽을 이룬 산줄기가 있는데
검푸른 암석으로 멀리서 바라보면 마치 형문삼협(荊門三峽)과 같
다. 절벽 위에는 푸른 소나무 외에 다른 초목은 없고 구름이 걸려
있다. 고구려는 남쪽과 북쪽 양 입구에 차단벽을 쌓아 성으로 삼
았는데, 고구려에서 가장 요충지다.

위 글에 산성을 서술한 것이 봉황산성의 지세와 일치하여 이
를 오골성으로 보는 것이다. 성 안에서는 고구려 시기의 붉은색
노끈무늬 기와가 많이 발견되었고, 연화문 와당도 발견되었다고

| **봉황산성의 인공 성벽** | 봉황산성의 성벽은 검은 벽돌로 축조되어 아주 정연한 공간 분할로 단정
하면서도 견실한 건축적인 아름다움을 보여준다.

한다. 고구려 산성 가운데 집안의 환도산성, 평양의 대성산성과
함께 가장 큰 편에 속하는데, 산성의 축조 방식과 형태, 위성(衛
城) 체계 등이 국내성이나 평양성과 같다는 것을 근거로 고구려
의 부수도(副首都)인 이른바 '북(北)평양'이 이곳에 설치되었다는
견해도 있다.

실학자들이 말하는 봉황산성

조선 후기 연행사신의 길은 의주 통군정(統軍亭)에서 압록강을
건너오면 단동의 박작성(호산장성)에 닿고 이어 이곳 봉황산성을

| **험준한 능선에 세운 봉황산성 북벽** | 봉황산성은 경치가 수려하고 산세가 험준한 봉황산의 주봉에서 좌우로 뻗어내린 험준한 능선을 천연 성벽으로 삼고 능선 사이의 낮은 곳에는 인공 성벽을 쌓아 방비했다.

거쳐 요동성으로 이어졌다. 연경으로 가는 사신들은 이 장대한 봉황산성을 보면서 대개는 안시성이라고 생각했다.

안시성은 645년 당 태종이 직접 이끄는 대군이 고구려 정벌에 나섰지만 전설적인 양만춘(楊萬春) 장군의 통솔력과 병사들의 투지로 뚫지 못했다는 난공불락의 성으로, 그 전까지 정복 전쟁에서 한 차례도 패하지 않았다던 당 태종이 3개월 만에 아무 전과를 올리지 못하고 물러난 곳으로 유명하다.

병자호란 이후 민족의식이 확대되면서 안시성 전투가 전설적으로 회자되는 가운데 이계 홍양호(洪良浩)의 『이계집(耳溪集)』이나 다산(茶山) 정약용(丁若鏞)의 『아방강역고(我邦疆域考)』에서 봉황산성을 안시성으로 비정했던 것이다. 그러나 남구만(南九萬), 김창업(金昌業) 등은 이 견해를 의심했고, 연암(燕巖) 박지원(朴趾源)은 『당서(唐書)』와 『한서(漢書)』 「지리지」 등을 인용하면서 안시성은 봉황산성 서북쪽에 위치한 개주(蓋州) 일대에 있다고 주장했다.

현재는 여기에서 서쪽으로 100여 킬로미터 떨어져 요동반도의 해성(海城, 하이청)에 있는 영성자산성(英城子山城)을 안시성으로 보는 견해가 가장 유력하다. 바로 그 북쪽에 있는 성이 요동성이라고 한다.

봉황산성 답사를 마친 우리는 압록강변 국경도시 단동, 그러니까 옛 안동으로 향했다.

〈책계관어도〉

봉황산성에서 단동으로 가는 길 중간엔 책문(柵門, 현재의 변문 진邊門鎭)이라 불리는 국경마을이 있었다. 청나라는 조선과 압록 강을 국경으로 삼으면서 압록강 가까이는 완충지대로 비워놓았 다. 조선의 사신들은 연경에 갈 때면 이곳에서 공식적인 입국 절 차를 밟으며 하루를 묵게 되어 있는데, 연암 박지원은 『열하일 기』에서 이에 대해 다음과 같이 말했다.

나무를 쪼개어 목책을 만들어 경계를 표시했는데, 이른바 버드나 무 가지를 꺾어서 채마밭을 둘러막는 격이라 하겠다. 책문은 이엉 으로 덮여 있고, 널빤지 문은 굳게 잠겨 있다. (…) 우리나라 사람 들은 이곳을 책문이라 하는데, 이곳 사람들은 가자문(架子門)이라 하고, 내지인들은 변문이라 한다.(1780년 6월 27일)

내가 '열하일기 답사' 때 가보았더니 단동에서 심양 방향으로 가다보면 옛 구련성(九連城)을 지나서 책문이라는 표지석이 남아 있는 것을 볼 수 있었다.

이 책문과 관련해서는 〈책계관어도(柵溪觀漁圖)〉라는 그림이 전 하고 있어 당시의 모습을 그려볼 수 있다. 순조 12년(1812) 10월, 정사 심상규(沈象奎), 부사 박종정(朴宗正), 서장관 이광문(李光文) 은 동지겸사은사로 사행을 떠나 이듬해 3월에 귀국했다(『승정원

| **구련성** | 단동에서 심양 방향으로 가다가 구련성을 지나면 책문이라는 국경 마을을 만나게 된다.

일기』순조 12년 10월 22일, 순조 13년 3월 26일). 이 세 사신이 사행
에서 돌아오는 길에 책문에서 고기잡이하는 것을 보며 사행의 여
독을 푸는 모습을 그린 것이 이〈책계관어도〉이다.

심상규가 쓴 화제 끝에 김화사(金畵師)가 그렸다고 쓰여 있고
그림의 좌측 하단에 "신 득신(臣 得臣)"이라고 새겨진 인장이 찍혀
있어 화가 김득신의 그림으로 추정되는데, 김득신의 행적에서는
아직 사행을 수행한 사실이 확인되지 않고 있다.

그림의 상단에 펼쳐진 산등성이는 봉황산으로 짐작되며 천막
아래에는 5명의 인물이 앉아 각각 산을 바라보거나 고기잡이하
는 어부를 쳐다보고 있다. 당시 책문엔 버드나무 가지를 엮어 방

| **〈책계관어도〉**| 봉황산성에서 단동으로 가는 길 중간엔 책문이라 불리른 국경마을이 있었다. 이 그림을 통해 책문의 당시 모습을 그려볼 수 있다. 산세가 험준한 배경의 산자락이 봉황산이다.

책으로 유조변(柳條邊)을 만늘었다고 하는네 이 그림에서도 버드 나무가 곳곳에 심겨 있는 것을 볼 수 있다. 이것이 그 옛날 책문의 실경일 것이니 참으로 천지가 개벽한 격세지감이 일어날 뿐이다.

안동과 압록강철교

단동이라는 도시 이름은 1965년에 바꾼 것이고 옛 이름은 안동(安東)이다. 당나라가 고구려를 멸망시킨 뒤 도호부를 설치하면서 동쪽을 안정시켰다는 의미로 안동도호부라 이름 지은 것이 지명의 유래다. 그러나 이곳 안동에는 오랫동안 사람이 살지 않았다. 청나라가 건국되고서는 만주 지역을 만주족의 성지로 삼고 백성들의 이주를 금지하는 봉금지대(封禁地帶)로 묶어놓았다. 봉금령이 해제되어 다시 사람이 들어와 살게 되면서 산동성(山東省, 산둥성) 사람들이 대대적으로 들어와 살았고 1876년에는 안동현(安東縣)이 설치되어 현청 소재지가 되었다.

그리고 20세기 들어 1903년에 대외 개방 항구가 되고 1905년에 심양에서 안동까지 철도가 부설된 것이 오늘의 단동시로 발전하는 계기가 되었다. 이 철도는 러일전쟁(1904~1905) 중 일본군에 의해 건설되었기 때문에 포츠머스조약에 따라 일본이 관할했다. 철도가 놓이면서 안동은 자연히 만주 지방 생산품의 중요한 수출항구가 되었다. 1933년 산업 개발의 중심지로 계획되어 거대한 섬유공장들이 세워지고 백두산에서 뗏목으로 운송된 목재를 재료로 하는 제재소와 펄프 공장들이 건설되었다. 특히 콩의 집산지가 되었고 목재 수출항으로 더욱 중요해졌다.

이때 우리나라도 국경도시를 개발하여 1906년 경의선 전 구간이 개통되어 안동과 압록강을 두고 마주하게 되었다. 이 경의선 철도 종점이 있는 곳이 새 신(新)자가 붙은 신의주다. 그리고 1911년 압록강철교가 개통되어 신의주와 안동이 철길로 연결되었다. 일제는 이 철길을 남만주 개척의 통로로 삼았고 우리의 많은 독립지사들도 이 철교를 건너 만주로 들어갔다. 이 과정에서 안동은 기차역을 중심으로 발전했다. 2015년 8월에는 심양과 단동을 잇는 고속철도도 개통되어 일반 기차로 4시간 걸리던 것이

| **압록강철교** | 압록강에는 2개의 철교가 있는데, 하나는 한국전쟁 중에 반토막이 나서 압록강난교라고 불린다. 또 하나는 1934년 개통된 복선 철교로, 1990년에 중국과 북한 간 합의에 따라 조중우의교라는 이름으로 불린다.

1시간대로 단축되었다고 한다.

단동역은 철교가 있는 압록강공원에서 걸어서 불과 15분 거리에 있었다. 역으로 이어지는 압록강 철로에는 2개의 철교가 놓여 있다. 하나는 1911년에 총 길이 944미터로 완공된 단선 철교다. 이 다리는 선박의 왕래를 돕기 위해 다리 중앙 부분(단동 방향 4번째 경간)에서 가로로 90도 회전하는 다리로 유명했다. 그런데 한국전쟁 중인 1950년 11월 8일 미군의 폭격으로 중앙부에서 북한 측까지 반이 파괴되어 끊어졌다. 이후 이 다리는 압록강단교(斷橋)라고 불리며, 관광용으로 정비되어 있어 끊어진 지점까지 걸어갈 수 있다.

또 하나는 1943년 기존 철교에서 압록강 상류 쪽으로 조금 올라가 개통된 복선 철교다. 지금도 그때 모습 그대로 이용되고 있는 이 복선 철교는 1990년부터 중국과 북한 간의 합의에 따라 조중우의교(朝中友誼橋)라는 이름으로 불린다. 조중우의교는 자동차와 기차를 위한 다리이기 때문에 보행자가 걸어서 건널 수 없다.

안동에서 단동으로

안동이 단동으로 이름을 바꾼 것은 1965년이다. 북한과 중국 사이에 어느 때보다도 친밀하게 협력이 이루어진 해로, 당나라의 침략 의미를 지니고 있는 안동을 버리고 붉을 단(丹)자 단동으로 바꾼 것이다.

단동은 '홍색동방지성(紅色東方之城)'이라는 의미로, 풀이하면 혈맹으로 붉게 맺어진 동쪽의 도시라는 뜻이라고 한다. 한국전쟁 때 중공군이 개입한, 그들 말로 '항미원조(抗美援朝)' 때 팽덕회(彭德懷, 펑 더화이)가 이끈 70만 중국 인민군의 총 집결지가 단동이었던 역사를 말하는 것이다.

항미원조는 모택동(毛澤東, 마오 쩌둥)의 어록으로 전하는 '항미원조 보가위국(保家衛國)'에서 나온 말로, '미국에 대항해 조선을 도와 가정과 나라를 지킨다'는 뜻이다. 이 때문에 압록강공원에는 항미원조기념관과 거대한 기념탑이 서 있다. 한마디로 국경도

| 난둥 힝미웬소기념탑 | 높이가
높은 장대한 석탑으로 정면에는
등소평이 쓴 '항미원조기념탑'이라
는 금빛 글씨가 장식되어 있고 뒷
면에는 중국군의 전공이 기록되어
있다.

시 안동을 혈맹 도시 이미지로 바꾸고자 이름을 단동으로 개명한
것이다.

단동의 항미원조기념관은 1958년에 건립되었고 한국전쟁 종
전 40주년인 1993년에 증축하여 그해 휴전협정 기념일인 7월
27일에 재개관했는데, 전하는 소식에 의하면 2022년 10월 25일
항미원조 50주년을 맞이하여 또 한 차례 증축하고 재개관했다고
한다. 중국군이 단동에 총집결한 것은 10월 19일이었지만 첫 승

리를 한 날이 10월 25일이기 때문에 이들이 한국전쟁을 기념하는 날은 6월 25일이 아니라 10월 25일이다. 이 기념관의 현판은 당대의 역사학자인 곽말약(郭末若, 궈 모뤄)의 글씨로 되어 있다.

항미원조기념탑은 조각군상 옆에 높이 53미터의 장대한 석탑을 세운 것이다. 정면에는 등소평(鄧少平, 덩 샤오핑)이 쓴 '항미원조기념탑'이라는 금빛 글씨가 장식되어 있고, 뒷면에는 중국군의 전공을 기록한 글이 쓰여 있다.

압록강철교와 압록강단교

우리가 단동에 도착한 것은 오후 2시 20분이었다. 단동은 인구 250만 명인 큰 도시다. 압록강 하구에 위치하여 만주에서 생산된 물화들이 여기에 집결한 뒤 배로 청도(青島, 칭다오), 상해(上海, 상하이) 등 대륙의 관문으로 퍼져나간다. 또 북한의 수출품이 대부분 여기를 통해 들어오기 때문에 해운업이 활기를 띠는 항구 도시로 발달했다. 북한 수출품의 약 80%가 단동으로 들어온다고 한다. 그러나 단동의 항만은 도심에서 약 35킬로미터 떨어진 동항(東港)에 있고 우리가 단동이라고 하면 바로 떠올리는 압록강단교는 시내 남쪽 압록강공원에 있다.

압록강공원에 도착한 우리는 곧장 압록강을 향해 달려갔다. 멀리 압록강단교와 조중우의교가 보이고 다리 건너 북한 신의주가 선명하게 들어오는데 압록강공원엔 시민과 관광객으로 북적이

| **압록강단교** | 압록강단교는 관광용으로 정비되어 있어 끊어진 지점까지 걸어갈 수 있나.

는 것부터 신기했다.

지금 우리는 국경선을 답사하러 온 것인데 철책선과 중무장 군인은커녕 긴장감이라고는 전혀 없고 강을 경계선으로 삼은 강변에 인민공원이 있다는 사실 자체가 상상을 넘어선 충격이었다. 압록강공원은 1년에 100만 명 이상이 다녀갈 정도로 인기있는 시민공원이라고 한다. 가이드가 하는 말이 압록강공원에서는 아침마다 시민들이 모여서 태극권을 연마하거나 부채를 들고 춤을 춘단다. 그리고 강 건너 신의주에서는 공장 굴뚝에서 회색 연기를 내뿜으며 하루를 시작한다는 것이다.

순간, 국경선에 대한 나의 상상은 여지없이 무너져내렸다. 우

| **압록강 표지석** | 압록강공원에서 압록강을 바라보면 멀리 압록강단교와 조중우의교가 보이고 다리 건너 북한 신의주가 선명하게 눈에 들어온다.

리는 무의식 중에 국경선이라면 철책선이 둘러 있고 총 든 병사들이 밤낮으로 경계하는 곳으로 생각하고 있다. 동해는 국경선도 아닌데 철조망이 있지 않은가. 그러나 단동에는 그런 국경의 장치나 국방의 긴장이 어디에도 없었다.

우리는 항미원조기념탑을 옆으로 비켜두고 사진으로 너무나 낯익은 압록강단교로 나아갔다. 전쟁의 상흔을 느끼기 위해서가 아니라 북한 땅을 조금이라도 가까이서 보고 싶은 마음이 앞섰다. 곁에 있는 조중우의교로는 그날도 기차와 화물차들이 부지런히 다리를 오가고 있었다. 국경은 우리의 삶을 보호하는 테두리

| **압록강 유람선** | 유람선을 타고 조중우의교와 단교 아래를 지나 압록강의 경관을 구경할 수 있다.

이자 바깥세계로 나아가는 관문이라는 것을 실감할 수 있었다.

압록강 위로는 양국의 고깃배와 유람선이 이쪽저쪽을 넘나들며 분주히 움직이고 있었다. 중국 유람선이 북한 가까이까지 다가갔다가 되돌아오고, 허름한 것이 북한 고깃배인 것이 분명한데 중국 쪽 강변 가까이에서 고기잡이를 하고 있었다. 그것이 너무도 놀랍고 신기하여 연변의 류연산 선생에게 물었다.

"북한 배가 강 가운데를 저렇게 넘어와도 됩니까?"
"물론입니다. 강에는 국경선이 없답니다."

| 신의주 고깃배 | 압록강 위로는 고깃배와 유람선이 이쪽저쪽을 넘나들며 분주히 움직이고 있다.

압록강 유람선에서

우리는 압록강을 맘껏 즐기고 북한 땅을 좀 더 가까이 바라보기 위해 유람선을 타기로 하고 관광 부두(碼頭, 마터우)로 내려갔다. 우리는 압록강 유람선 '요단(遼丹, 랴오단) 2호'에 올라탔다. 이배를 타면 30분가량 압록강을 유람하면서 북한을 가까이 볼 수있다. 유람선은 이성계의 회군으로 유명한 위화도 앞까지 갔다가하구 쪽으로 돌아오는 길에는 우리에게 구경 잘하라는 듯 신의주쪽 강변으로 바짝 붙어 천천히 이동했다.

강변엔 폐선 위에 앉아서 고기를 낚는 낚시꾼도 있고 셋씩 넷

| 단동에서 본 신의주 압록강변 | 유람선 뱃전에서 북한 사람들의 일상적인 모습을 만날 수 있다.

씩 어깨를 나란히 하고 빨래하는 아낙네들도 있었다. 자전거를
타고 언덕을 달리는 소년도 보였다. 그리고 한쪽 강기슭을 돌아
서자 천둥벌거숭이로 미역을 감던 하동(河童)들이 물속에 깊이
들어가며 부끄러움을 감추고 있었다.

　세상에, 이럴 수가 있는가! 초소 하나, 총을 맨 군인 하나 보이
지 않는다. 국경이라는 내음이 어디에도 없다. 빨래하는 아낙이
우리 유람선을 힐끗 보면서 빙그레 웃으며 방망이질하는 표정이
"반갑습네다" "어서 오라요" 하는 손짓만 같았다.

　그 정겹고 일상적인 모습에 차라리 가슴이 저려온다. 뱃전에서
북녘 사람들을 망연히 바라보고 있는 신경림 선생과 이 슬프도록

아려오는 감정을 나누려고 다가가니 맑은 품성을 갖고 있는 노시인은 이미 눈시울을 붉히며 흐르는 눈물을 훔치고 있었다.

요단 2호에서 내려 우리는 다시 압록강단교로 가 끊어진 다리 끝까지 걸어가며 원 없이 사진을 찍고 또 찍었다. 거기서 다시 신의주를 바라보며 북한 주민들의 움직임을 망연히 지켜보고 나선 좀처럼 떨어지지 않는 발길을 돌려 압록강공원 초입에 대기하고 있는 버스에 올랐다. 모두들 방망이로 머리를 맞은 사람처럼 멍한 눈빛으로 자기 자리에 조용히 앉았다. 그리고 우리의 버스가 호텔에 도착할 때까지 아무도 아무 말을 하지 않았다. 그 침묵 속에서 우리는 서로의 마음이 하나로 어우러지는 것을 느꼈다.

북한 식당에서

여장을 풀고 우리는 저녁식사를 하기 위해 문화광장으로 향했다. 단동의 문화광장은 북한과 중국의 경제 합작 구역으로, 북한 식당이 대거 진출해 있다. 고려관, 옥류관, 붉은별식당 등이 중국과 북한 국기를 나란히 걸고 영업 중이다. 당시 단동에는 조선족이 1만 6천여 명, 북한 동포 2만여 명이 거주하고 있다고 했다.

우리는 북한 식당에서 거나한 저녁식사를 했다. 식당 여성 복무원이 역시 상냥하면서도 씩씩하게 인사를 건넸다.

"어서오십시오. 열렬히 환영합니다. 어데서들 오셨습니까?"

"서울요."

"야-아! 이거 먼 데서들 오셨구만요. 단둥은 처음입니까?"

"예."

"남측은 맘대로 여행한다든데 뭐하느라고 압록강에 처음 왔단 말입니까?"

농을 섞어 대거리하는 것이 여지없는 평양 말씨인데 그 억양이 그렇게 정겨울 수가 없다. 일행 중 한 명이 어저께 북한 식당에서 종업원이 불러준 「심장에 남는 사람」 노래를 청한다는 게 그만 노래 제목을 잘못 말했다.

"복무원 동무, 노래 좀 부탁합시다."

"무슨 노래를 들려드릴까요?"

"저… 신장에 남은 사람요."

'신장?' 하고 고개를 갸우뚱하던 복무원이 이내 이를 받아쳤다.

"신장이라뇨? 선생, 발음 똑바로 하기요. 신장은 비뇨기과 아닙니까. 신장에 남으면 다 빠지고 말지 않습니까. 심장에 남아야 가슴에 간직하지."

폭소가 터지는 바람에 식당이 떠나갈 듯 웃음바다가 되었고

| 시인 신경림 |

남남북녀는 한 고장 사람들이 만난 것 같았다.

「강은 가르지 않고, 막지 않는다」

호텔로 돌아온 그날 밤, 신경림 시인은 오늘은 바둑 두지 말고 압록강을 시로 써야겠다며 나에게 먼저 자라고 하시고는 단동의 밤하늘을 산책하겠다고 나가셨다. 그리고 아침에 일어나보니 원고지에 시가 한 편 쓰여 있었다. 제목은 '강은 가르지 않고, 막지 않는다'였다.

강은 가르지 않는다.
사람과 사람을 가르지 않고
마을과 마을을 가르지 않는다.
제 몸 위에 작은 나무토막이며
쪽배를 띄워 서로 뒤섞이게 하고,
도움을 주고 시련을 주면서
다른 마음 다른 말을 가지고도
어울려 사는 법을 가르친다.
건넛마을을 남의 나라
남의 땅이라고 생각하게
버려두지 않는다.
한 물을 마시고 한 물 속에 뒹굴어
이웃으로 살게 한다.

강은 막지 않는다.
(…)

강은 뿌리치지 않는다.
(…)

강은 열어준다, 대륙으로
세계로 가는 길을,

분단과 전쟁이 만든 상처를
제 몸으로 씻어내면서.
강은 보여준다,
평화롭게 사는 것의 아름다움을,
어두웠던 지난날들을
제 몸 속에 깊이 묻으면서.

강은 가르지 않고, 막지 않는다.

고구려 2

만주 환인

오녀산성과
고주몽의 건국 신화

압록강

9월 10일, 답사 3일째. 아침 일찍 호텔을 나오니 집안(集安)에서 온 새 버스와 공무원 출신이라는 새 가이드가 기다리고 있었다. 버스는 낡아 배기가스가 차 안으로 들어왔지만 차분해 보이는 가이드를 만난 것이 기분 좋았다. 오늘 우리는 고구려의 첫 도읍 환인으로 간다. 환인은 단동에서 북동쪽으로 약 200킬로미터 떨어진 곳에 있다.

우리는 환인으로 가는 길에 박작성으로 비정되는 호산장성에 들르기로 했다. 우리의 버스가 줄곧 압록강을 따라 북동쪽으로 달려가는데 때는 중추절인지라 차창 밖으로는 옥수수와 벼가 누렇게 익어가며 만주 벌판이 금빛을 띠고 있고, 길가엔 만발한 코

스모스가 가을의 시정을 한껏 풍기고 있었다. 산천과 들녘의 풍
광이 조금도 낯설지 않았다.

압록강은 정말로 아름다웠다. 강물은 조금도 사납거나 험한 데
가 없다. 세상에 이처럼 유순한 흐름과 명징한 물빛을 가진 강이
또 있을까 싶다. 예로부터 압록강을 '처녀의 강'이라고 불렀다는
이유도 알 만했다.

압록강은 한반도에서 제일 긴 강이다. 전체 길이는 925.5킬로
미터다. 직선거리로는 400킬로미터 정도이나 백두산에서 발원하
여 중국의 임강(臨江, 린장), 우리나라 중강진에 이르는 상류 쪽이
심한 곡류를 이루므로 실제 강 길이는 직선거리의 두 배에 가깝
다. 『신당서(新唐書)』에는 압록수(鴨淥水)로 나오는데, "물빛이 오리
머리색과 같다"며 압록(綠)수로 바뀌었다.

이에 반해 대동여지도에는 대총강(大摠江)으로 나와 있어 중국
문헌에 나오는 명칭과 고구려 이래 우리나라에서 부르는 명칭
에 차이가 있었던 것 같다. 단재 신채호 선생은 '압록(鴨綠)'이란
이름은 '크다'는 의미를 지닌 아리(阿利)에서 나온 것이라고 단정
적으로 말했다. 그러나 이미 『삼국사기』와 『삼국유사』에도 압록
이라 했고 중국에서도 오래 전부터 '야뤼(鴨綠)'로 불려 영어로는
'얄루(Yalu)'라고 표기되고 있어 그대로 따를 수밖에 없다.

그날도 압록강은 짙푸른 빛을 띠며 유유히 흐르고 있었다. 강
건너 북한 땅을 바라보니 민둥산 산비탈에 옥수수들이 힘겹게 자
라고 있었다. 느린 동작으로 옥수수를 따고 있던 북한 주민들이

| **강 건너 북한 주민들** | 버스를 타고 압록강을 따라 달리다보면 강 건너 북한 주민들의 일상을 너무나 쉽게 만날 수 있었다.

하던 일손을 멈추고 우리 쪽을 바라보고 있었다.

호산장성, 또는 박작성

호산장성은 단동에서 북동쪽으로 약 15킬로미터 떨어진 호산 (虎山)에 있다. 호산은 표고 146미터 정도 되는 낮은 산인데 산의 생김새가 마치 누워 있는 호랑이 모습과 같다 하여 이런 이름을 얻었다. 산은 낮아도 여기에 오르면 압록강 북쪽으로 펼쳐지는 만주 벌판이 한눈에 들어온다. 이 지리적 이점을 이용하여 쌓은 고구려 박작성이 지금은 호산장성으로 불리고 있다.

| **호산장성** | 호산장성, 또는 고구려 박작성은 단동에서 북동쪽으로 약 15킬로미터 떨어진 곳에 있다. 이곳에서는 고구려시대 유물들이 많이 출토되었다.

  현재 남아 있는 호산장성은 명나라 성화 5년(1469)에 군대를 주둔시킬 목적으로 축조된 것이다. 그런데 1992년 중국 학자들이 '호산장성 수복설계 방안'을 내놓으며 이곳을 만리장성 동단 기점(東端起點)이라고 주장하면서 대대적으로 복원했다. 이때 성문에는 호산장성이라는 현판을 걸고 거대한 기념조형물을 세워놓았으며, 안내문에는 만리장성의 기점이 발해만에 있는 산해관(山海關)이 아니라 여기라며 기존 장성의 길이를 1천여 킬로미터 연장하게 되었다고 적어두었다. 그러나 호산장성에서는 고구려시대 유물들이 많이 출토되었다.

  호산장성 관문 옆을 지나 계단을 따라 오르니 적의 동태를 살

| **호랑이같은 호산장성** | 호산장성이 서 있는 호산은 산의 생김새가 마치 누워 있는 호랑이 같다 하여 이런 이름을 얻었다. 산은 낮지만 호산장성에 오르면 만주 벌판이 한눈에 펼쳐진다.

피기 좋은 곳에 마련된 장대(將臺)가 나왔다. 여기에 이르니 갑자기 사방으로 시야가 널리 펼쳐졌다. 호산장성은 압록강이 작은 지류와 합수하는 지점에 있어 3면이 강으로 둘러싸여 있다. 거기에서 남쪽을 바라보면 짙푸른 압록강 건너 의주 땅이 훤히 바라다보인다.

박작성은 조선시대 연행사신들이 의주에서 압록강을 건너와 처음 닿는 지점이었다. 의주에는 관서팔경의 하나로 꼽히는 통군정(統軍亭)이라는 유명한 정자가 있다. 송강 정철을 비롯하여 많은 조선시대 문인들이 이 통군정에 올라 시문을 남겼고, 일제강점기에는 명가수 고운봉이 부른 유행가 「통군정의 노래」도 있었

| **통군정** | 의주의 통군정은 관서팔경 중 하나로 송강 정철 등이 시문을 남긴 유명한 정자이다. 호산장성에 오르면 통군정이 보이지 않을까 기대했으나 아쉽게도 볼 수 없었다.

다. 듣건대 한국전쟁 때 불에 탄 통군정이 이후 복원됐고, 북한 우표에도 등장한 것으로 알려져 있다.

나는 통군정을 사진으로 보아왔고 또 고암 이응로와 월북화가 청계 정종여가 그린 대작의 실경산수가 있어 그 모습이 머릿속에 선연한데 호산장성에서 통군정은 보이지 않아 많이 서운했다.

만주 땅의 산맥과 강

호산장성을 떠나 G11번 큰 도로를 타고 환인을 향해 사뭇 북동쪽을 향해 달리니 점심 때 다 되어 관전(寬甸, 콴뎬) 만족자치

| **작자 미상의 〈통군정〉** | 작자 미상의 화첩 《관서십경도》 중 통군정 실경산수화다. 고암 이응로,
청계 정종여 또한 통군정의 명성에 값하는 그림을 그렸다.

현(滿族自治縣)에 닿았다. 기사에게 물으니 환인까지는 여기에서
120킬로미터 더 남았다고 했다. 가볍게 점심식사를 들고 다시 환
인으로 향하니 길은 이제까지 보아온 요동의 들판과 달리 첩첩산
중을 비집고 나 있다. 가이드에게 물으니 이 산줄기가 노령(老嶺)
산맥이라고 한다(한반도 남쪽 소백산맥에서 갈라지는 노령蘆嶺산맥과
는 다르다). 아, 이것이 말로만 듣던 그 노령산맥이구나.

　답사의 기초 지식은 지리다. 그중에서도 그곳 땅의 생김새를
알려주는 자연지리가 기본이다. 자연지리를 알아야 그 땅에서 살
던 민족과 나라가 남긴 역사지리가 이해되고 역사지리가 머릿속
에 그려져야 비로소 고구려라는 나라의 역사상을 생생하게, 그리

고 올바로 그릴 수 있다.

지금도 내가 명확히 만주 땅의 자연지리를 이해하고 있는 것은 아니지만 보름간 답사하면서 함께한 역사학자, 지리학자, 가이드, 버스 기사, 현지인 등에게 묻고 물어 확인한 후에야 그 대략을 머릿속에 그릴 수 있게 되었다. 이것이 이번 국경선 답사에서 얻은 가장 큰 수확 중 하나다. 나의 독자들이 훗날 이곳을 답사할 때 참고하도록 내가 파악한 만주 땅 자연지리의 개요를 여기에 설명해둔다.

동북삼성의 요령성, 길림성, 흑룡강성의 남쪽에는 압록강, 백두산, 두만강에 걸쳐 있는 장백산맥이 있고 북쪽에는 대흥안령(大興安嶺)산맥과 소흥안령(小興安嶺) 산맥이 삿갓처럼 덮여 있다. 대흥안령산맥 뒤는 내몽골 고비사막이고, 소흥안령산맥 뒤로는 흑룡강(黑龍江, 헤이룽장), 러시아 이름으로 아무르강이 흐르고 있다. 그사이 넓은 땅이 만주, 이른바 동북삼성이다. 동북삼성만 해도 한반도의 네 배 되는 넓은 땅이다.

만주 땅 서쪽을 가로지르는 큰 강이 요하(遼河, 랴오허)다. 요하는 대흥안령산맥 남쪽 끝에서 발원하는 서요하(西遼河)와 길림성에서 시작되는 동요하(東遼河)가 합류하여 발해로 흘러든다. 이 요하를 기준으로 대략 요동과 요서로 나뉜다. 우리 연행사신들이 건너다닌 혼하는 바로 이 요하로 흘러드는 요동 땅의 큰 지류이다.

만주 땅 동쪽을 가로지르는 큰 강이 송화강(松花江, 쑹화장)이다. 백두산 장백폭포에서 발원하여 북쪽으로 흐르는 것을 '북류

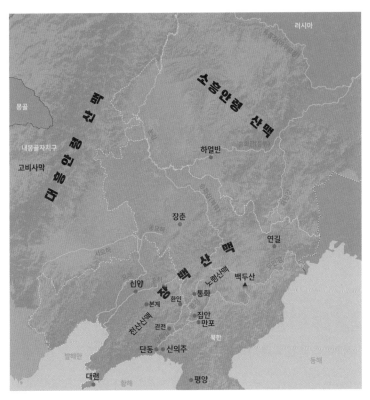

| 만주의 자연지리 | 동북삼성의 남쪽에는 압록강과 장백산맥이 있고 북쪽에는 대흥안령 산맥과 소흥안령 산맥이 삿갓처럼 덮여 있다. 그사이 넓은 땅이 만주, 이른바 동북삼성이다.

송화강'이라고 하고, 북류하던 물길이 소흥안령산맥에서 남류하는 지류인 눈강(嫩江, 넌장)과 합쳐지면서 물길이 급격히 동쪽으로 바뀌어 흐르면 '동류 송화강'이 되어 하얼빈을 거쳐 흑룡강에 합류한다. 동류 송화강에는 목단강(牧丹江, 무단장)이라는 지류가 흘러든다.

만주 땅에 가로세로로 나 있는 산맥을 보면 심양을 기준으로 하여 동서로 긴 산맥이 뻗어 있는데 동쪽에는 용강(龍崗)산맥이 있고 서쪽에는 천산(千山)산맥이 요동반도 끝까지 뻗어 있다. 그래서 연행사신들은 천산산맥을 넘어 다녔다.

지금 우리가 답사하고 있는 만주 땅 남쪽에는 장백산맥이 뻗어 있는데, 집안으로는 장백산맥의 지맥으로 노령산맥이 지나가고 있다. 그러니까 고구려의 첫 도읍 환인으로 가는 우리는 노령산맥의 서쪽 끝자락과 천산산맥 동쪽 끝자락 사이를 비집고 달린 것이다. 결국 요령성과 길림성은 이 중첩된 산맥을 기준으로 나뉘어져 환인은 요령성의 동쪽 끝이고, 집안은 길림성의 서남쪽 끝이 되는 것이다.

만주 땅의 민족과 나라

관전현을 떠나 환인으로 가는 동안 또다시 버스 안 강좌를 열었다. 이번에는 발해사를 전공하는 송기호 교수에게 만주의 역사지리, 즉 만주 땅에 살아온 민족과 나라에 대해 청해 들었다. 만주에는 고대에 우리 조선족의 고조선, 부여, 고구려, 발해가 있었고, 이는 중세 이후 거란족의 요(遼), 여진족의 금(金), 몽골족의 원(元), 만주족의 청(淸)으로 이어진다.

그런데 조선·거란·여진·몽골·만주 외에 동호·예맥·선비·오환·실위·읍루·물길·숙신 등이 나온다. 이들이 누구이고 그들이 살던 곳이 어디이며 그들은 언제 등장해서 언제 사라졌는지 속

시원하게 설명해준 글을 찾기 쉽지 않다. 학자들은 대략 알고 있지만 섣불리 자기주장을 펼쳤다가는 공격받기 일쑤여서 아주 미세하고 예외적인 사례까지 말하는 바람에 나 같은 사람은 더욱 혼란스러울 뿐이다.

내가 마이크를 송기호 교수에게 넘기자 옆 자리에 계신 신경림 선생은 나 같은 사람도 알아듣도록 '쉽게' 설명해주면 좋겠다는 요청을 덧붙였다. 그러자 송 교수는 "쉬울지는 모르겠으나 '짧고 간단하게' 하겠습니다"라며 거침없이 설명해주는데 그 내용은 내가 이번 답사에서 얻은 최고의 지적 소득이었다. 송 교수는 그때의 대답을 답사 뒤 신문에 실은 기고문에서 이렇게 말했다.

(백두산 천지에서) 왼편으로 보이는 저 산줄기를 넘으면 우리가 답사를 시작한 심양에 이르게 된다. 그 주변에 산 하나 없는 너른 평원이 바로 요하평원이다. (…) 요하를 건너면 다시 요서 산지와 그 북쪽으로 대흥안령산맥이 펼쳐지니, 이곳의 초원을 터전으로 삼아 살아온 사람들이 동호족(東胡族)이다. 흉노족의 동쪽에 거주하였기 때문에 '동쪽의 오랑캐'란 이름이 붙여졌으니, 시대에 따라 선비·오환·거란·실위·몽골족으로 불렸다. 역사상에 유명한 요나라와 원나라, 그리고 남북조시대의 북조 국가들인 북위(北魏)·북주(北周)·후연(後燕)과 같은 나라들을 세운 주인공들이다. 그중 북위(386~534)를 세워 중국의 반을 150년간 지배했던 선비족의 탁발씨들은 스스로 한화(漢化)되어 역사 속에 사라졌다.

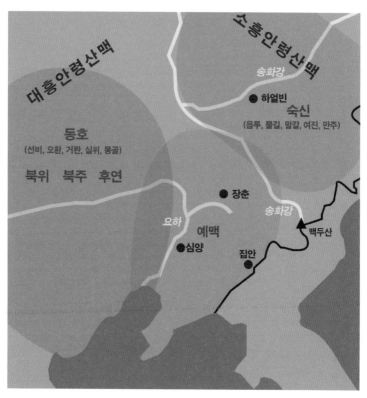

| 만주의 민족들 | 만주 땅의 주인공은 세 집단으로 나뉜다. 우리 핏줄이 된 예맥족은 동부의 숙신족, 서부의 동호족을 좌우의 날개로 삼아 요동지방을 무대로 활동했다.

이제 오른쪽으로 눈을 돌리면, 역시 산줄기 저 너머에 목단강과 송화강 하류에 형성된 분지들이 등장한다. 거기에 뿌리를 박고 살아왔던 사람들을 우리는 흔히 숙신족(肅愼族)이라 부른다. 이들도 시대에 따라 읍루·물길·말갈·여진·만주족으로 불리면서, 발해 건국에 참여하였고 금나라와 청나라를 세웠다. 지금 만족(滿族)이라 불리는 이들이 바로 그 후예이다.

이 두 집단을 사이에 두고 만주 한가운데에 살림을 차린 사람들이 예맥족(濊貊族)이다. 송화강 중류에 자리 잡았던 부여, 압록강 중류에서 일어난 고구려, 그 후예가 말갈과 연합하여 세운 발해가 바로 이들이 건설한 나라이다.

한반도의 6배가 넘는 광활한 대지에 역사를 꾸려갔던 주인공은 이처럼 크게 세 집단으로 나뉜다. 우리의 핏줄이 된 예맥족은 동부의 숙신족, 서부의 동호족을 좌우의 날개로 삼으며, 지금의 길림성과 요동지방을 무대로 오르내렸다. 그러나 아쉽게도 발해의 멸망과 함께 그들의 발자취는 한반도로 움츠러들어버렸고, 그 대신에 중원의 한족(漢族)들이 그 자리를 메워버렸다.

송기호 교수의 설명을 듣고 보니 만주 땅의 역사지도가 절로 그려진다. 신경림 선생은 과연 '쉽고 짧고 간단하게' 설명했다며 흐뭇해하셨다. 우리 한민족 혈통의 한 뿌리가 예맥인데, 예맥이라는 명칭은 사마천의 『사기』에서 처음 나온다. 혹은 예와 맥을 분리해서 말하기도 하며, 예맥, 예, 맥의 관계에 대해서는 학설이 다양하다. 고구려는 특히 맥족으로 일컬어지는데, 다산 정약용은 『아방강역고』에서 맥은 종족 명칭이고 예는 지역(또는 강)의 이름이라고 해석하고 있다.

이어서 송 교수는 마이크를 잡은 김에 한 말씀 더 드린다며 일행들에게 질문 하나를 던졌다.

"앞으로 우리는 본격적으로 고구려 유적을 보게 될 것인데, 고구려적인 신비감이나 스케일을 느낄 수 있는 곳이 두 곳 있습니다. 어디일까 한번 생각해보십시오."

이 질문에 일행들은 저마다 고구려의 시각적 이미지를 그려보는 것 같았다. 광개토대왕릉비, 장수왕릉인 장군총, 수렵도로 유명한 고구려 고분벽화…… 그러나 송 교수의 답은 달랐다.

"하나는 환인에 있는 오녀산성이고, 또 하나는 집안에 있는 적석총입니다. 집안 통구에 가서 수천 기의 고구려 적석총이 무리 지어 있는 것을 보면 그 장대함에 놀라게 될 것입니다. 경주의 신라 왕릉과는 또 다른 역사적 신비감이 있습니다. 그리고 내일 아침 우리가 오르게 될 환인의 오녀산성에서는 주변을 압도하는 풍광에 절로 탄성을 지르게 될 것입니다. 막연히 상상했던 것보다 웅혼한 기상을 느끼며 고구려 시조 주몽이 왜 이곳을 첫 도읍으로 택했는지 절로 알게 될 것입니다."

우리는 그런 기대를 안고 환인을 향해 달려갔다. 그리고 해가 다

| 오녀산성 | 오녀산 봉우리는 높이 100미터에 달하는 어마어마하게 높은 절벽을 자랑한다. 이처럼 거대한 통돌로 이루어져 있는 산마루 정상에 축조된 것이 오녀산성이다. 난공불락의 천연 산성인 셈이다.

| 오녀산성 성벽 | 고구려 석벽의 특징인 이른바 '굽도리축조공법'으로 지어졌다. 굽도리축조공법이란 높은 성벽을 견고하게 하기 위하여 아래에서 위로 올라가면서 성돌을 약간씩 뒤로 물려 쌓는 것이다.

진 뒤에야 환인에 도착했다. 모두들 요동치듯 흔들리는 버스에 장시간 시달린 기색이 역력했다. 우리는 서둘러 저녁식사를 하고 환인이 어떻게 생긴 곳인지도 모른 채 호텔에 투숙했다. 신경림 선생은 바둑이고 뭐고 누울 생각뿐이라며 곧바로 잠자리에 들었다.

오녀산성

9월 11일, 답사 4일차. 우리는 오녀산성 답사를 위해 아침 일찍 호텔을 나섰다. 오녀산성은 환인 시내에서 북쪽으로 15킬로미터

| **천지와 천지 표지석** | 산성의 필수가 우물인데 여기에는 사시사철 마르지 않는 천지가 있으니 산성으로 이보다 더 좋은 입지는 없었을 것이다.

떨어져 있는 오녀산에 있다. 환인현의 지세를 보면 북쪽과 동쪽으로 높고 낮은 여러 산봉우리들이 연결되어 있는데 그 한가운데 오녀산이 우뚝하다. 오녀산 봉우리는 신기하게도 높이 100미터에 달하는 어마어마하게 높은 절벽으로 되어 있다. 이처럼 거대한 통돌로 이루어져 있는 산마루 정상에 축조된 것이 오녀산성이다. 이런 난공불락의 천연 산성은 다시없을 성싶다.

산 아래에 도착하여 오녀산 산마루를 바라보니 과연 가파른 절벽을 이루고 있는 웅장한 화강암 준봉이 가을 아침 햇살에 장엄하게 빛나고 있었다. 송기호 교수 말대로 고구려의 웅혼한 기상이 절로 느껴지는 장쾌한 풍광이었다.

우리가 갔을 때는 마침 7월부터 입산이 허가되었고, 삭도(索道, 케이블카)가 설치되어 있어 이를 타고 쉽게 정상 가까이 올라갈

| **오녀산성 병사 주둔지** | 오녀산 정상에는 넓은 평지가 펼쳐져 있다. 여기에 왕궁 터, 병사 주둔지 등 많은 성곽시설 건물 자리가 남아 있다.

수 있었다(삭도는 2000년대 중반에 철거되었다고 한다). 삭도에서 내려 오녀산 정상으로 오르자니 거대한 바위 봉우리에서 오직 접근이 가능한 동쪽으로만 산성이 축조되었다. 그러나 방어의 방위는 분명 서쪽이라 이 성이 고구려의 영역이었음을 쉽게 가늠할 수 있었다.

중간에 옹성 자취도 볼 수 있었는데, 성벽은 많이 무너졌지만 성돌들은 일정한 크기(30×20×35센티미터)로 고구려 산성의 특징인 이른바 '굽도리축조공법'으로 되어 있었다. 굽도리축조공법이란 높은 성벽을 보다 견고하게 하기 위하여 밑에서부터 위로 올라가면서 성돌을 약간씩 뒤로 물려 쌓는 것이다.

| 오녀산성 왕궁 터 | 오녀산성은 고구려 조기 왕성 뉴석으로 비쟁뇌고 있나.

산 정상 놋미처에는 천시(大池)라는 큰 못(높이 12미터, 너비 5미터, 깊이 2미터)이 있었다. 산성의 필수가 우물인데 여기는 아예 사철 마르지 않는 천지가 있으니 산성으로 이보다 더 좋은 입지는 없을 성싶다.

정상에 다다르니 거짓말처럼 넓은 평지가 펼쳐져 있었다. 높이 1천 미터, 폭 3백 미터에 달하니 잠실운동장 서너 개를 옮겨놓은 넓이다. 여기에 왕궁 터, 병사 주둔지, 장대 등 많은 성곽시설 건물들이 있던 자리에 표지판이 세워져 있었다.

정말로 놀라웠다. 내가 이제까지 알고 있는 삼국시대 산성들과는 비교할 수 없는 장엄한 위용을 갖추고 있었다. 봉황산성(오골

성), 호산장성(박작성), 환도산성, 안시성, 요동성 등 고구려의 수
많은 산성 중에서도 으뜸가는 것이었다.

혼강과 비류수

오녀산성을 내려올 때 우리는 삭도를 타지 않고 산비탈을 걸
어 내려왔다. 얼마쯤 내려가다보니 좁은 두 절벽 사이로 가파른
계단길이 아득히 뻗어 있다. 두 낭떠러지 사이로 보이는 하늘이
마치 외가닥 한 줄기 같아 보였다. 그래서 이곳을 이름하여 일선
천(一線天)이라고 한다.

일선천에 다다르면서 우리는 누구나 예외 없이 "아이쿠!" "어머
나!" 같은 외마디 비명을 질렀다. 그러나 바위의 생김새와 발밑의
흙까지 살피느라 맨 뒤에 처져 있던 지질학자 원종관 교수만은
일선천을 보는 순간 비명이 아니라 영탄을 발했다.

"이야! 침식작용이 활발히 일어났구나."

산성에서 가장 전망이 좋은 곳에는 으레 장대가 있다. 장대에
오르니 하얀 아침 안개가 깔린 넓은 환인 분지가 한 폭의 그림처
럼 다가왔다. 시선을 동쪽으로 돌리니 거대한 호수가 보였다. 여

| **일선천** | 산비탈을 걸어 내려가다가 두 절벽 사이로 가파른 계단길이 아득히 뻗어 있는 일선천을
만났다.

| **오녀산성에서 바라본 한인댐과 혼강** | 고구려의 첫 도읍 환인으로 흐르는 강이 혼강이다. 환인 댐 건설로 생긴 환인 분지 동쪽의 넓은 호수에는 2백여 기 이상의 적석묘로 이루어진 고구려 고 력묘자 고분군이 수몰되어 있다.

기가 바로 혼강(渾江, 훈장)의 물줄기를 막은 환인댐이었다.

환인으로 흐르는 혼강은 압록강의 제1지류로 길이 446.5킬로 미터에 달하는 제법 큰 강이다. 혼강의 옛 이름이 동가강(佟佳江) 이다. 그런데 이 혼강은 요동에 있는 혼하(渾河, 훈허)와 이름이 같 아서 많은 혼동을 일으키고 있다. 강(江)과 하(河)의 차이인데 전 혀 다른 강이다. 연행사신들이 요양을 지나 요동 벌판에서 만나 던 강이 혼하이고 고구려의 첫 도읍 환인으로 흐르는 강은 혼강 인 것이다. 나는 열하일기 답사 때 이미 혼하를 보았고 이번 고구 려 답사 때 혼강을 보았기 때문에 확실히 알았다.

혼강은 환인댐 동쪽으로 흘러드는데 환인 호수 끝자락에는 북쪽에서 흘러드는 작은 지류가 하나 있다. 이것이 역사에 나오는 비류수(沸流水)로, 오늘날 중국에서는 부이강(富爾江, 푸얼장)이라 부르는 강이다. 간혹 어떤 고구려 역사책은 비류수가 혼강과 같다고 말하고 있지만 비류수는 혼강의 지류다.

이렇게 오녀산성을 두루 둘러보고 내려오는데 누군가가 혼잣말을 했다. "이런 절벽 위를 어떻게 도성으로 사용했을까." 그러자 이를 들은 여호규 교수가 얼른 받아 대답했다.

"고구려인들은 항상 도성을 두 곳 건설했습니다. 하나는 평상시 거주하는 평지성이고 또 하나는 전쟁시 방어용 진지로 마련한 산성입니다. 둘이 한 세트인 셈이지요. 환인에 있는 평지성이 졸본성(卒本城)입니다. 이는 집안으로 천도해서도 마찬가지여서 평지의 국내성과 환도산성이 짝을 이루고 있습니다. 광개토대왕릉비문에는 추모왕(鄒牟王, 주몽)이 비류곡(沸流谷)의 홀본(忽本) 서쪽의 산 위에 성을 쌓고 도읍을 정했다고 했는데, 대개 이 오녀산성이 그때 쌓은 성으로 비정되고 있어요."

이 오녀산성은 흘승골성(紇升骨城)이라고도 한다. 그리고 졸본에 있던 2백여 기 이상의 적석묘로 이루어진 고력묘자(高力墓子) 고분군은 환인댐이 들어서면서 수몰되었다고 한다.

| **고력묘자 고분군** | 1917년 세키노 다다시의 일본 조사단이 촬영한 고력묘자 고분군의 석곽 노출 무덤이다.

집안으로의 천도

오녀산성에서 내려온 우리는 환인 시내에서 점심을 든 후 고구려 답사의 하이라이트라 할 대망의 집안으로 떠났다. 환인에서 집안까지는 직선거리로 70킬로미터 정도밖에 안 되지만 실제로는 곧장 가는 길이 없다. 통화(通化, 퉁화)를 거쳐서 가야 하는데 환인에서 통화까지가 100킬로미터, 통화에서 집안까지가 120킬로미터로 버스로 족히 5시간 걸린다고 한다. 이제부터 부지런히 가도 해질녘에야 도착할 수 있다고 한다.

고구려는 어떻게 해서 이 길도 없는 집안으로 산굽이를 돌고 돌아 수도를 옮긴 것일까? 먼저 기록을 보면 『삼국사기』 동명성왕 19년(기원전 19) 조에는 다음과 같은 기사가 나온다.

4월에 왕자 유리(類利)가 부여로부터 그 어머니와 더불어 도망하여 왔으므로 왕이 이를 기뻐하고 유리를 세워 태자로 삼았다. 9월에 왕이 돌아가셨는데 이때 나이가 40세였다. 용산(龍山)에 장사 지내고 동명성왕이라고 이름하였다.

이리하여 즉위한 왕이 제2대 유리왕인데 『삼국사기』 유리왕 22년(기원후 3) 조에는 이렇게 쓰여 있다.

10월에 왕이 국내성으로 천도하고 위나암성(尉那巖城)을 죽조했다.

그리고 집안(국내성)으로 터를 잡은 것에 대해서는 다음과 같은 전설이 전한다. 유리왕 때 하늘에 제사를 지낼 돼지 20마리가 달아났다. 이에 돼지치기를 맡았던 설지(薛支)가 찾아 나서서 닷새 만에 돌아와 아뢰었다.

제가 돼지를 따라 국내 위나암에 갔는데, 그곳의 지세가 준험하고 토양이 오곡을 재배하기에 적합하며, 산짐승과 물고기 등 산물이 많은 것을 보았습니다.

풀이하자면 현실적인 이유는 환인이 수도로서 터가 좁다는 점이었다. 환인의 지세는 산골짜기로 오녀산을 비롯한 험한 산이 3면을 둘러싸고 있고 동쪽으로만 혼강이 일구어놓은 좁은 들판이 있을 뿐이었다. 그래서 환인은 '산팔수일전일(山八水一田一)', 즉 산이 여덟, 물이 하나, 밭이 하나라고 일컬어지고 있다.

여기에다 역사학자들은 두 가지 사항을 덧붙여 해석한다. 하나는 한나라가 한사군의 하나로 요동에 현도군을 설치하여 국경을 마주하는 상황이 되어 수도의 안전을 고민하게 되었다는 것, 또 하나는 초기 고구려는 부족의 연맹제로 연노부(涓奴部)·절노부(絶奴部)·순노부(順奴部)·관노부(灌奴部)·계루부(桂婁部)의 5부족이 있었는데 이 토착 세력을 누르고 정치적 주도권을 장악하기 위한 천도였을 것이라는 분석이다.

아무튼 고구려는 건국한 지 불과 40여 년 만에 이렇게 수도를 옮기게 됐다. 이는 마치 백제가 고구려에 밀려 급히 피난하여 금강을 건너가자마자 웅진(공주)에 터를 잡았으나 비좁고 토착 세력들의 뿌리가 깊어 약 60년 만에 넓은 터를 가진 사비(부여)로 천도한 예를 연상케 한다. 즉 환인은 선택의 여지 없이 터를 잡은 곳이어서 40년간 수도였고 집안은 제대로 된 도읍지로 선택한 곳이기에 420년간 수도의 지위를 갖고 있었던 것이다.

통화를 지나면서

환인을 떠난 우리는 일단 동쪽으로 향하여 통화까지 간 다음 거기서 남쪽으로 곧장 내려가 집안에 닿았다. 그러나 그 길 또한 만만치 않아서 우리 전세버스는 쉬지 않고 5시간을 달려 저녁 무렵에야 집안에 도착했다.

통화는 일제가 남만주에 철도를 놓을 때 심양, 장춘과 삼각형을 이루는 지점으로 삼았고 또 여기서 서쪽으로 단동, 동쪽으로 연길(延吉, 옌지)을 잇는 철길을 놓아 교통의 요충지가 된 곳이다. 마치 우리나라 대전 같은 도시다.

통화에는 고구려 적석총이 많이 남아 있고 독립군 부대도 적지 아니 퍼져 있었어서 이곳도 한차례 답사처가 될 만한데, 중국에서 통화는 특히 포도주 산지로 유명하다. 1949년 10월 1일 중화인민공화국 개국 연회 때 통화 포도주가 사용되어 '와인계의 국주(國酒)'로 불리고 있다. 통화 포도주는 야생 머루를 원료로 제조되어 달콤하고 향이 진한 것이 자랑인데, 지금도 한겨울 대설 때 수확하는 포도로 제조하는 '북빙홍(北冰紅, 베이빙훙)'이 그 명성을 유지하고 있다. 참으로 이상스럽고 신기한 것은 통화는 위도상으로 우리나라에서 가장 추운 중강진과 비슷한 위치인데 포도가 재배된다는 점이다. 알아보니 위도가 높다고 날씨가 무조건 추운 것이 아니란다. 통화는 노령산맥 남쪽에 위치하여 북쪽에서 불어오는 찬바람이 덜하고 따뜻한 해양 기류가 압록강을 따라 흘

| 북빙홍 포도주 | 중국 통화는 포도주 산지로 유명하고 통화 포도주는 '와인계의 국주'라고 불리고 있다. 특히 북빙홍은 한겨울 대설 때 수확하는 포도로 제조해 그 명성이 매우 높다.

러 들어오기 때문에 산머루 재배에 매우 적합한 기후가 형성된다고 한다.

집안은 통화에서 남쪽으로 120킬로미터 내려가 압록강변에 위치하기 때문에 날씨가 더욱 온화하여 포도뿐 아니라 사과도 많이 난다. 그래서 집안은 '만주의 강남'이라고 불려왔다. 고구려가 수도를 집안으로 옮긴 이유에는 이런 기후 조건도 없지 않았을 것이다.

집안의 한자 표기는 본래 집안(輯安)이었다. 이는 『사기』에서 한무제를 칭송하면서 '집안중국(輯安中國)'이라고 표현한 것에서 유래하는데, 1965년에 북한과의 우호를 증진하고자 대국주의의 색채가 짙은 지명들을 개명하여 안동(安東)을 단동(丹東)으로 바꿀 때 주은래가 집(輯)을 집(集)으로 바꾼 것이다.

고대 채석장

집안 시내를 20킬로미터 남겨두고 우리 버스가 큰 고개를 넘어 내리막길을 굽이굽이 돌아가는데 가이드가 길 한쪽으로 차를 세우게 하고 우리를 예정에 없던 고구려시대 채석장으로 안내했다. 차에서 내려 가이드를 따라 길 맞은편으로 건너가니 우거진

| **고구려시대 고대 채석장** | 채석장과 고구려 유적들을 비교해보니 실제로 화강암 암질이 같다는 것이 확인되었다. 고구려 적석총의 큰 부재들은 여기서 채굴했을 것이다.

숲 사이로 화강암 바위들이 희끗희끗 보이는데 중국의 넓적한 비석 모양의 콘크리트 문화재 안내판에 '고대 채석장'이라고 쓰여 있고 '시급(市級) 중점문물보호단위', 우리로 치면 지방문화재로 지정되어 있다고 적혀 있었다. 답사 후 북한에서 나온 『조선고고학전서』를 찾아보니 이 채석장에 대해 이렇게 설명하고 있었다.

채석장은 지금 집안에서 통화로 가는 길의 안쪽에 자리 잡고 있는데 그 길이가 1킬로미터나 된다. 이 일대에 있는 골짜기의 산중턱 아랫부분에는 산에서 캐낸 커다란 돌들이 수없이 널려져 있다. (…) 장군무덤의 버팀돌과 매우 비슷한 것들도 있다. (…)

국내성과 위나암성, 장군무덤, 태왕릉, 임강무덤, 천추무덤 및

| **집안에서 본 압록강** | 중국 집안과 북한 땅 만포는 압록강을 사이에 두고 서로 마주 보고 있다.

압록강변의 선창시절을 비롯한 수많은 건축물과 시설물을 축조하
는 데 쓴 돌은 아마도 대부분 여기서 캐내어 운반해 갔을 것이다.

　채석장과 여러 고구려 유적들을 비교해보니 실제로 화강암 암
석의 질이 같다는 것도 확인되었다고 한다. 또 채석장 안으로 들
어가보면 집채만 한 바위에서 돌을 떼내기 위하여 줄지어 큰 구
멍을 내놓은 자국이 여러 곳에 보인다고도 한다. 그러고 보니까
고구려 적석총의 그 많은 석재들은 작은 것은 통구 계곡에 지천
으로 널려 있는 강돌들을 사용했고, 큰 부재들은 여기서 캐 간 것
이 분명해 보였다.
　다른 예에서 볼 수 있듯이 아마도 겨울철에 떼어내어 아래쪽

계곡으로 굴려 떨어트린 다음 빙판을 이용하여 시내까지 내려 보내고 거기서 통나무를 여러 개 놓고 밧줄로 끌어서 굴려갔을 것이다. 50리 길이지만 힘들기는 해도 큰 어려움은 없었을 것이다.

채석장을 두루 살펴보고 버스로 돌아와 가이드에게 고맙다고 인사를 했더니 "저도 버스 안에서 선생님들이 강의하는 것을 들으면서 많이 배워 보답해드리고 싶었어요"라며 얼굴에 흐뭇한 미소를 지었다.

국내성

우리는 다시 버스에 올라 집안을 향해 떠났다. 채석장에서 집안은 바로 코앞이었다. 우리의 버스가 산굽이를 돌아 내리막길을 천천히 내려가는데 저 아래로 집안 시내가 보이기 시작했다. 앞으로 나아갈수록 선명히 보이는데 고갯길 높은 곳에서 내려다보는 집안의 모습은 참으로 평화로워 보였다. 당시 집안의 인구는 6만 6천 명, 그중 조선족이 1만 6천 명이라고 했다. 벌써 해질녘이 다 되어 저녁노을에 압록강과 강 건너 북한 땅 만포가 함께 보랏빛으로 물들어가는 모습이 어슴푸레 보였다.

우리가 집안 숙소에 도착한 것은 오후 5시 50분이었다. 짐을 내리고 방 배정을 기다리는 동안 나는 『중앙일보』 이근성 부장과 우리의 다음 일정을 점검했다. 우선 전체 15일 중 하루를 예비로 비운 여유 시간을 집안에서 보내기로 했다. 집안에서 답사할 유적지도 많지만 여행 닷새째가 되니 몸이 지쳐 있었고, 또 매일 짐을 풀었다 쌌다를 반복하다보니 보통 번거롭고 힘든 게 아니었다. 양말 빨 시간도 없었다. 그래서 다음 날 오전에는 자유시간을 갖고 점심 후부터 답사를 시작하기로 했다.

이렇게 결정하고 일행들에게 통보했더니 모두 쾌재를 부르며 단장의 세심한 배려에 감사한다고 했다. 그러나 실은 내가 그렇게 쉬고 싶었고 자유시간을 갖고도 싶었다. 집안 시내도 거닐어보고 압록강변으로 나아가 북한 땅을 가까이서 바라보고 싶었다. 일행들의 속마음도 다 같았던 것이다.

우리는 7시에 저녁식사를 하기로 하고 한 시간 동안 시내에 있는 국내성을 한 바퀴 돌아보았다. 국내성은 유리왕이 집안으로 천도하면서 지은 도성이다. 집안 분지의 남쪽은 압록강과 마주하고 있고 서쪽과 북쪽은 노령산맥의 칠성산 자락이 우뚝하며 동쪽으로 넓은 들판이 열려 있다. 국내성은 압록강 가까이 남쪽을 바라보고 자리하고 있다.

유리왕은 집안으로 천도하자마자 2만여 명을 동원해 국내성을 쌓았다. 국내성이 있는 자리는 서쪽과 남쪽에 강이 흐르고 북쪽은 산으로 둘러싸인 전형적인 배산임수의 요지였다. 총 둘레 2,741미터, 높이 5~6미터의 성벽에는 9개의 문이 나 있었다. 427년 평양으로 천도하기까지 중간에 전란으로 임시로 수도를 옮긴 적이 두 번 있기는 했어도 이곳은 약 400년간 고구려의 도읍지였다. 이는 고구려 역사 704년의 약 60퍼센트에 해당하는 오랜 기간이다. 또한 28명의 고구려 왕 중 제2대 유리왕부터 제20대 장수왕까지 무려 19명이 이곳에 정도했다.

국내성은 평양 천도 이후에도 평양성, 한성(漢城, 지금의 황해도 재령군 부근)과 함께 고구려의 3경이라고 불렸다. 연개소문(淵蓋蘇文)이 죽고 그 아들들 사이에 내분이 일어날 때 연남생(淵男生)이 당나라에 빌붙어 주둔했던 곳이 국내성이었을 정도로 고구려가 멸망에 이를 때까지 그 위용을 잃지 않았다.

국내성 유감

국내성의 평면은 비스듬한 사각형 모양으로, 내·외벽을 잘 다듬은 쐐기형 돌로 쌓은 석축성(石築城)이다. 동쪽 성벽의 길이는 약 550미터, 서쪽은 약 700미터, 남쪽은 약 750미터, 북쪽은 약 700미터다. 지금은 다 허물어졌지만 발굴한 결과 성문은 아홉 곳이 있었는데 북쪽에 4개, 동쪽과 남쪽에 각각 2개, 서쪽에 1개가 있었다. 성문은 대게 디귿자형의 옹문 형태로 되어 있으며 네 모서리에는 각루(角樓)가 있고, 40미터 간격으로 돌출부인 치(雉)가 설치되어 있었다. 그리고 성 안쪽 동·북 두 면에 못(池)이 있었다.

우리가 국내성에 갔을 때는 국내성 안이 집안의 중심지여서 집안시청을 비롯하여 주요 관공서가 들어서 있었고, 주택과 3층, 5층 아파트로 가득 차 있었다. 성벽은 다소 변두리에 있었는데, 무너진 성벽을 올라타고 지은 판잣집과 성벽에 의지한 가겟방이

| **허물어진 국내성** | 우리가 국내성에 갔을 때는 무너진 성벽이 단독주택의 뒷담이나 아파트 단지의 담장으로 쓰이고 있어 한숨만 나왔다. 우거진 풀숲 속에 세워진 국내성 표지판이 보인다.

어지럽게 널려 있어 한숨만 나올 뿐이었다. 단독주택의 뒷담이거나 아파트 단지의 담장이 되어 있는 경우도 있었다. 옛 성터의 흔적이 선명하게 남아 있는 곳은 북쪽 구간뿐이었는데, 그나마도 아파트 단지 앞에 초록색 펜스를 설치해놓고 그 안에 차곡차곡 쌓여 있는 돌무더기를 국내성의 흔적이라고 해놓았을 뿐이었다.

그런 국내성이 지금은 깔끔하게 정비되어 있다고 한다. 중국은 2003년에 집안의 고구려 유적들을 유네스코 세계유산에 등재하기 위하여 대대적인 문화재 정비 사업을 벌였다. 세계유산 등재에는 유적의 보편적 가치 외에 보존 실태와 의지가 중요하게 평가되기 때문에 대대적으로 정비한 것이다.

| **정비된 국내성** | 중국은 2003년에 집안의 고구려 유적들을 유네스코 세계유산에 등재하기 위해 대대적인 문화재 정비 사업을 벌였다.

　이때 시청사를 국내성 밖으로 옮기고 그 건물을 헐어 발굴조사를 했으며, 거기서 건물 기단인 배초석을 비롯해 막새기와, 구리 불상, 토기 조각, 백옥 귀걸이, 활촉, 금칠걸개 등 고구려 유물들이 발견되어 집안박물관에 전시했다고 한다. 또한 국내성과 함께 환도산성을 정비하고, 태왕릉을 비롯한 적석총 주변의 민가를 옮기면서 주변 옥수수밭도 잔디밭으로 조성했다고 한다.

압록강에서 만포를 바라보며

　저녁식사를 마치고 호텔로 향하는데 일행 모두 숙소로 들어갈 생각이 없었다. 국경도시라는 느낌이 전혀 없고 폐허로 남아 있는 고구려의 옛 수도에 와서 호텔방에서 밤을 보낼 생각은 전혀 없는 듯싶었다. 신경림 선생이 내게 물었다.

"압록강이 먼가?"
"밤중에 걸어가기엔 멀다고 하던데요."

이때 길 건너에 손님을 기다리는 '삼륜모타차'라는 딸딸이 택시가 보였다. 나는 이종구 화백을 불러 셋이서 올라타고 압록강변으로 데려가달라고 했다. 운전수 아저씨는 우리 같은 한국인 관광객을 많이 태워본 듯 탈탈거리며 속력을 내더니 이내 강가에 우리를 내려놓았다.

집안의 압록강은 정말로 아름다웠다. 강폭이 단동의 압록강과 달리 아주 좁아 강 건너 만포가 한눈에 들어왔다. 내 답사 경험상 섬진강 상류 남원 어디쯤의 강마을에 온 것 같았다. 만포 쪽에는 드문드문 보이는 농가와 함께 강변 행로를 따라 키 큰 미루나무가 끊길 듯 이어지며 길게 뻗어 있었다. 마침 추석 하루 전날인지라 둥근 보름달이 동산 위로 높이 떠올라 있는데 강여울에 달과 미루나무가 거꾸로 비치는 것이 얼마나 애잔하게 보였는지 모른다.

만포의 작은 강마을에는 두어 집 불빛이 희미하게 보였다. 이때 개가 껑껑거리며 자지러지게 짖는 소리가 들렸다. 신경림 선생은 혼잣말로 "어느 집에 마실꾼이 든 모양이군" 했다. 우리는

| **압록강 건너 만포** | 집안의 압록강은 정말로 아름다웠다. 강폭이 단동의 압록강과 달리 아주 좁아 강 건너 북한의 만포가 한눈에 들어왔다.

그렇게 압록강과 만포 강마을을 넋 놓고 한참을 바라보았다.

　서서히 발길을 옮겨 하릴없이 강변을 따라 내려가니 강 언덕이 데이트하는 젊은이들로 붐볐다. 허름한 술집이 보여 들어가니 벌써 우리 일행 여럿이 먼저 와 자리 잡고 있었다. 술집 아주머니는 우리가 한국에서 온 사람들임을 알고 일부러 우리의 심사를 녹이려고 작정이나 한 듯 오디오 볼륨을 한껏 올려 조용필의 「창밖의 여자」를 들려주었다. 그러고는 또 최백호의 「내 마음 갈 곳을 잃어」를 들려주었다. 미칠 것 같았다. 말수가 적은 이종구 화백이 못내 한 마디를 던졌다.

"다 그만두고 여기서 며칠 쉬었다 가면 좋겠네요."

| 이종구 〈**압록강의 보름달**〉 | 종이에 파스텔, 34×53cm. 둥근 보름달이 압록강에 비치는 아련한 만포의 강마을 밤풍경을 그린 것이다.

    귀국 후 일행들이 돌아가며 신문에 기고한 글을 보면 한결같이 '집안에서 추석을 하루 앞둔 보름달빛 아래 보았던 압록강 건너 만포 땅 미루나무 늘어진 강마을을 결코 잊지 못한다'고 격한 감격들을 말했다. 여기가 국경의 마을이라는 것이 믿기지 않았다. 그리고 가볍게 불어오는 온화한 가을바람을 맞으면서 절로 '집안은 과연 만주의 강남으로 4백년 도읍지가 될 만했구나'라는 생각이 들었다. 집안 압록강변의 풍경은 그렇게 평생 잊히지 않는 한 폭의 풍경화로 지금도 내 머릿속에 생생히 남아 있다.

고구려 시조 동명성왕(주몽)의 건국 전설

　고구려의 시조인 주몽의 탄생과 건국신화는 『삼국사기』 『삼국유사』 「광개토왕릉비문」, 이규보의 영웅서사시인 「동명왕편」, 중국의 옛 문헌 『위서(魏書)』 등에 언급되어 있는데, 내용이 약간씩 다르다. 특히 부여의 시조 동명왕 전설은 고구려 동명왕과 이름도 똑같고 내용도 비슷하다. 주몽이 '동명성왕'이라고도 불린다는 차이밖에 없다.

　이런 현상은 고구려의 건국이 부여에 뿌리를 두었으나 고구려는 고대국가로 발전하고 부여는 이내 쇠퇴하면서 후대에 생긴 착시현상으로, 고구려 '주몽 설화'는 부여 '동명왕 설화'를 모티브로 했다고 보는 것이 지배적인 견해이다.

　부여의 자취는 만주 곳곳에 남아 있다. 하얼빈과 장춘 사이에는 부여시(扶餘市)가 있다. '부여가도(扶餘街道)'도 있고 동명왕 동상도 세워져 있어 그곳이 북부여의 도읍지로 생각된다. 여기서는 『삼국사기』 「동명성왕편」의 내용을 수정·편집하여 고구려 동명성왕의 건국 전설을 제시하고자 한다.

고구려는 곧 졸본부여(卒本扶餘)다. 시조 동명성왕(東明聖王)은 성이 고씨(高氏)이고 이름은 주몽(朱蒙)이다. 추모(鄒牟)라고도 한다. 고구려가 건국되기 앞서 부여왕 해부루(解夫婁)가 늙도록 아들이 없자 산천에 제사를 지내어 대를 이을 자식을 구하였는데 그가 탄 말이 곤연(鯤淵)에 이르러 큰 돌을 보더니 눈물을 흘렸다. 왕이 이를 괴상히 여겨 사람을 시켜 그 돌을 옮기니 어린아이가 있었는데 금와(金蛙, 금빛 개구리) 모양이었다. 왕이 기뻐하며 "이는 바로 하늘이 나에게 후사를 내려주신 것이다"라고 하고는 데려가 기르고 이름을 금와라 하였다. 그가 장성하자 태자로 삼아 왕이 되었다.

금와왕이 어느 날 태백산(太白山) 남쪽 우발수(優渤水)에서 여자를 만났는데 말하기를 "저는 하백(河伯)의 딸로 이름은 유화(柳花)입니다. 여러 동생들과 함께 나와 놀고 있었는데 한 남자가 자신은 천제(天帝)의 아들 해모수(解慕漱)라 하고는 저를 웅신산(熊神山) 아래 압록강가의 집으로 데려가서 사통(私通)하고 돌아가서는 오지 않으니 부모님이 제가 중매도 없이 결혼한 것을 꾸짖어 이곳으로 귀양 보낸 것입니다."라고 하였다.

금와왕이 이를 이상하게 여겨서 유화를 방 안에 가두었더니 햇빛이 들어와 그녀를 비춰주었다. 유화가 몸을 피하면 햇빛이 또 따라와 비췄다. 이후 태기가 있더니 알을 하나 낳았는데, 크기가 다섯 되(升) 정도 되었다. 왕이 알을 버려 개와 돼지에게 주었으나 모두 먹지 않았다. 다시 길에다 버렸으나 소나 말이 피하였다. 나중에는 들판에 버렸더니 새가 날개로 덮어주었다. 왕이 알을 쪼개려고 하였으나 깨뜨릴 수가 없어 마침내 유화에게 돌려주었다.

유화는 알을 싸서 따뜻한 곳에 두었다. 그러자 한 남자아이가 껍질을 부수고 나왔는데 골격과 생김새가 영특하고 호걸다웠다. 나이 겨우 7살에 숙성하여 영리함이 범상치 않았고 스스로 활과 화살을 만들어 쏘았는데 백발백중이었다. 부여에서는 활을 잘 쏘는 사람을 '주몽(朱蒙)'이라 하는 까닭에 그것으로 이름을 지은 것이다.

금와왕에게는 본래 일곱 아들이 있어 늘 주몽과 함께 놀았으나 그 재주와 능력이 모두 주몽에 미치지 못하였다. 그 맏아들 대소(帶素)가 왕에게 말하기를, "주몽은 사람이 낳은 자가 아니며, 그 사람됨이 용감합니다. 만약 일찍 도모하지 않으면 후환이 있을까 두려우니, 청컨대 그를 제거하시옵소서."라고 하였다. 이에 왕은 일단 주몽에게 말 기르는 일을 시켰다. 주몽은 말을 기르면서 날랜 말은 먹이를 줄여 야위게 하고, 둔한 말은 잘 먹여 살찌게 하였다. 왕은 살찐 말을 자신이 타고, 마른 말을 주몽에게 주었다.

왕자와 여러 신하들이 주몽을 죽이려고 모의하는 것을 주몽의 어머니가 알아차리고 주몽에게 "나라 사람들이 너를 죽이려 한다. 너의 재주와 지략으로 어디를 간들 무얼 못하겠느냐? 멀리 가서 뜻을 이루는 것이 낫겠다."라고 하였다. 이에 주몽은 오이(烏伊)·마리(摩離)·협보(陜父) 등 세 명의 친구와 함께 떠났는데 엄사수(淹㴲水, 혹 송화강)에 이르러 건너려고 하였으나 다리가 없었다. 추격해오는 병사들이 닥쳐오자 주몽은 물에게 고하여 "나는 천제의 아들이요, 하백의 외손(外孫)이다. 오늘 도망하여 달아나는데 추격자들이 다가오니 어찌하면 좋은가?"라고 하자 물고기와 자라가 떠올라 다리를 만들었으므로 주몽이 건널 수 있었다. 그리고 물고기와 자라가 곧 흩어지니 추격해오던 기병들은 물을 건널 수 없었다.

주몽은 가다가 모둔곡(毛屯谷)에 이르러 세 명의 현인을 만났다. 한 명은 삼베옷[麻衣]를 입었고, 한 명은 기운 옷[衲衣]를 입었으며, 한 명은 수초로 엮은 옷[水藻衣]을 입고 있었다. 주몽은 이들에게 "내가 바야흐로 하늘의 큰 부름을 받아 나라의 기틀을 열려고 하는데 마침 이 세 명의 현명한 사람을 만났으니, 어찌 하늘께서 주신 것이 아니겠는가!"라고 하고는 성씨를 내려주고 그 능력을 살펴 각기 일을 맡기고 그들과 함께 졸본천(卒本川)에 이르렀다. 『위서』에는 "흘승골성(紇升骨城)에 이르렀다"라고 하였다.

주몽은 졸본의 토양이 기름지고 아름다우며, 자연 지세가 험하고 단단한 것을 보고 드디어 도읍하려고 하였으나, 궁실을 지을 겨를이 없었기에 단지 비류수(沸流水) 가에 초막을 짓고 살았다. 나라 이름을 고구려(高句麗)라 하였는데 이로 인하여 고(高)를 성씨로 삼았다.

혹 말하기를, "주몽이 졸본부여에 이르렀는데, 왕이 아들이 없었다. 주몽을 보고는 보통 사람이 아님을 알고 딸을 아내로 삼게 하였으며 왕이 죽자 주몽이 왕위를 이었다"라고 하였다. 이때 주몽의 나이가 22세로, 기원전 37년이었다.

사방에서 듣고 와서 따르는 자가 많았다. 그 땅이 말갈 부락에 잇닿아 있기에 침입과 도적질의 피해를 입을까 걱정되어 마침내 그들을 물리치니, 말갈이 두려워 굴복하고 감히 침범하지 못하였다. 고구려가 전성(全盛)하던 때는 22만 5백 8십 호가 되었다.

동명성왕 2년(기원전 36) 6월, 왕은 비류수 가운데로 채소 잎이 떠내려오는 것을 보고는 상류에 사람이 있는 것을 알았다. 왕은 사냥을 하며 찾아 나서 비류국(沸流國)에 도착하였다. 그 나라의 왕 송양(松讓)이 말하기를 "우리는 여러 대에 걸쳐 살아왔는데 땅이 작아 두 주인을 받아들이기에는 부족하니 그대가 나에게 복속하는 것〔附庸〕이 어떠한가?"라고 하였다. 이에 주몽이 활을 쏘아 주종을 결정하자고 하였고 송양은 당해낼 수 없었다. 마침내 송양이 나라를 들어 항복하므로 주몽은 그 땅을 다물도(多勿都)라 하고 송양을 그 책임자〔主〕로 봉하였다. 고구려 말로 '복구한 땅'을 다물이라고 하는 까닭에 이와 같이 이름한 것이다.

고구려 3

— 만주 집안 —

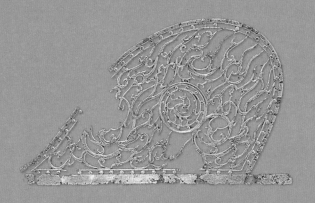

환도산성에서 일어나는
고구려의 기상

환도산성

9월 12일, 답사 5일차. 이날은 집안에서 하루 더 묵을 것이기에 여느 때와 달리 마음이 편했다. 부산스럽게 짐 쌀 일이 없었고 더욱이 오전은 자유시간을 갖기로 했기 때문에 몸과 마음이 한결 가뿐했다. 한방에서 자고 일어난 신경림 선생이 아침 먹기 전에 압록강가를 한번 더 보자고 했다. 우리는 딸딸이 택시를 타고 어제 갔던 강변으로 다시 나갔다. 아침 안개가 피어오르면서 흐릿하게 드러나는 미루나무 늘어선 만포 땅 강마을이 너무도 평화로워 보였다.

호텔로 돌아와 아침식사 후 로비로 나오니 자유시간을 얻은 일행들이 어디로 갈 것인가 웅성거리고 있었다. 방에 남아 쉬는

| **환도산성 전경** | 평지성인 국내성에서 2.5킬로미터 떨어진 환도산성은 산으로 둘러싸인 포곡식 산성으로 방어에 매우 유리한 곳이었다.

사람이 한 명도 없었다. 어젯밤에 취한 집안의 향기가 모두를 밖으로 나오게 한 것이다. 이근성 부장이 이럴 바에는 아예 자유시간을 없애고 답사를 진행하자고 했다. 그리하여 우리는 버스를 타고 환도산성(丸都山城)으로 향했다.

환도산성은 유리왕 22년(기원후 3)에 천도하면서 환도산(해발 676미터)에 쌓았다는 위나암성(尉那巖城)이다. 중국에서는 산 이름이 산성자산이라 하여 산성자산성(山城子山城)이라고도 한다. 국내성에서 북서쪽 2.5킬로미터 지점에 있어 걸어가도 그만인

| **환도산성 성벽** | 본래 환도산성은 위나암성이었으나 209년 산상왕이 위나암성을 전면 증축하고 환도성이라 했으며 산상왕 13년(209)에는 도읍을 아예 환도성으로 옮겼다.

거리다.

환도산성의 동남쪽으로는 우산(禹山), 서쪽으로는 칠성산(七星山)이 우뚝하다. 그 사이로 흐르는 압록강의 지류 통구하(通沟河, 퉁거우허)를 낀 산자락에 의지하여 국내성을 바라보고 쌓았다. 3면이 산으로 둘려 있는 이른바 포곡식(抱谷式) 산성으로 능선을 따라 타원형으로 쌓은 성벽의 둘레는 약 7킬로미터이고, 국내성 쪽으로 열려 있는 동쪽 성벽 높이는 6미터에 달한다. 남쪽으로 흐르는 통구하가 자연히 천연 해자가 되는 든든한 산성이다.

환도산성을 지금의 모습으로 수축한 것은 고구려 제10대 왕인 산상왕(山上王, 재위 197~227년)이다. 산상왕 2년(198)에 위나암성을 전면적으로 증축하고 환도성(丸都城)이라 했으며 산상왕 13년(209)에는 도읍을 아예 환도성으로 옮겼다고 한다. 산상왕은 선왕인 고국천왕이 국상(國相)으로 모신 을파소(乙巴素, ?~203년)를 계속 중용하여 고구려가 고대국가로 가는 기틀을 마련한 임금이다.

환도산성은 동천왕 20년(246) 위(魏)나라 관구검(毋丘儉)의 침공을 받았다. 관구검은 성을 함락시키고 성 안 백성들을 도륙한 뒤 기공비를 세우면서 환도산성을 두고 불내성(不耐城, 견디지 못한 성)이라 새겼다. '관구검 기공비'는 현재 요령성박물관에 전시되어 있다. 이에 동천왕은 247년 2월, 할 수 없이 백성들과 함께 종묘사직을 '평양'으로 옮겼다(여기서 평양은 묘향산 부근으로 여겨진다).

산성하 고분군의 적석총

환도산성의 정문인 남문으로 들어가니 바로 앞에 화강암으로 멋지게 쌓은 점장대(點將臺)가 나왔다. 점장대에서 산기슭으로 더 올라가니 넓은 궁전 터가 나왔는데 우리가 갔을 때는 밭이 되어 있었다. 좀 더 올라가 북쪽을 바라보자 산자락 아래로 수천 기의 적석총이 무리지어 있었다. 집안 산성하 고분군이었다. 그 장대함은 송기호 교수가 환인의 오녀산성과 함께 고구려의 웅혼한 기

| **고구려 적석총** | 산성하 고분군 사이로는 녹수수밭이 일구어서 있어 너욱 신신떡 꿩뒤글 찌이네 었는데 지금은 유적지의 잔디밭으로 조성되었다고 한다.

상을 보여주는 두 가지 중 하나로 지목한 것이다. 경주 신라 대릉 원에서 볼 수 있는 화려한 집체미, 백제의 공주 송산리 고분과 부 여 능산리 고분의 우아한 능선과 달리 고구려의 강인함과 장대함 이 절로 다가온다.

　나는 통구 들판에 무리 지어 있는 적석총이 장대한 파노라마 로 전개되는 모습을 보기 위하여 환도산성 높은 곳까지 올라갔 다. 그곳에는 사과 과수원이 있었다. 아직 수확하지 않은 사과들 이 주렁주렁 매달린 사과나무 밭을 무작정 오르고 있는데 저 아 래에서 한 할아버지가 소리를 질렀다. 사과 떨어트린다고 얼른 내려오라는 것이다. 그러나 나는 염려 말라는 손짓을 보이고 끝

| 산성하 고분군 | 집안 산성하 고분군에는 1천 5백기의 적석총이 모여 있다. 집안 전체에서 발견된 고구려 고분은 무려 1만 1천 3백기에 달한다.

까지 올라가 이 천하의 장관을 카메라와 가슴속에 깊이 담아두었다. 세계 어디에 이처럼 비장감 감도는 죽음의 유적이 있을까.

우리는 환도산성을 내려가 적석총을 가까이 보러 갔다. 고구려 적석총은 3세기 이전까지는 무기단식 적석총이었으나 기단식으로 발전하고 또 계단식으로 발전하여 세 가지 형식이 공존하고 있다. 이것을 시대적 추이라기보다 계급적 차이로 생각하기도 한다.

이곳에서는 시신을 안치하는 무덤의 매장부를 지하가 아니라 돌무지 위의 석실로 만들어 고인을 정중하게 모셨다. 그러나 이로 인해 고구려 적석총은 훗날 거의 다 도굴되는 피해를 입었다. 경주 시내에 있는 신라 마립간 시기의 대형 고분들이 적석목곽분(돌무지덧널무덤)으로 만들어져 매장주체부가 무덤 깊이 감추어져 있어 도굴 피해를 입지 않은 것과 큰 차이를 보인다. 당대에는 거룩하게 모신다는 마음만 있었지 훗날 손을 타리라는 걱정은 하지 않았던 것이다. 아무튼 무리 지어 있는 적석총 사이는 전체가 다 옥수수밭이어서 더욱 싱그럽고 아름답고 강인해 보였다(2003년 유네스코 세계유산 등재를 위해 정비하면서 지금은 잔디밭이 되었다고 한다).

고구려의 죽음의 문화가 남겨놓은 이 유산은 삶의 자취, 이를테면 국내성 터나 어느 절터보다도 강렬한 데가 있었다. 집안에서는 무려 1만 1천 3백 기에 달하는 고구려 고분을 확인했는데, 대체로 다섯 구역으로 나뉜다.

지금 우리가 보고 있는 통구 환도산성 아래 산성하 고분군에

1천 5백 기, 칠성산과 통구하 사이의 만보정 고분군에 1천 5백 기, 국내성에서 압록강 상류로 올라가 우산(禹山) 아래에 있는 우산하 고분군에 3천 9백 기, 국내성에서 압록강 하류로 내려가 처음 만나는 칠성산 고분군에 1천 7백 기, 그리고 더 하류로 내려가 마선향(麻線鄕) 마을에 있는 마선구 고분군에 2천 5백 기 등이다.

그중에 천추묘(千秋墓), 서대묘(西大墓), 태왕릉(太王陵), 장군총(將軍塚) 등 10여 기의 대형 고분은 고구려 왕릉으로 추정되고 있다. 우리는 고구려 적석총 중 최대 규모를 자랑하는 천추묘가 있는 마선구 고분군부터 답사하기로 했다.

마선향의 천추묘와 서대묘

적석총 사이사이를 돌아다니며 사진을 찍느라 여기저기 흩어져 있던 일행들이 모두 버스에 올라탔는지 확실히 점검한 뒤 우리는 마선향을 향해 떠났다. 들어올 때는 못 느꼈는데 나가면서 보니 통구 계곡은 우산이 우람하게 버티고 있어서 참으로 웅장한 면이 있었다. 남한에서 흔히 보는 그런 계곡이 아니었다. 그래서 일제강점기에 나온 고구려 유적 도록 중에는 '집안'이 아니라 '통구'라는 제목이 붙은 호화 화보도 있다.

통구 계곡을 빠져나와 국내성이 있는 시내를 곁에 두고 우리 버스는 급하게 오른쪽으로 방향을 바꾸더니 사뭇 압록강을 왼편에 두고 서쪽으로 달린다. 집안 시내를 벗어나자마자 풍광은 완

전 시골이다. 산과 강과 옥수수밭과 이따금 나오는 지붕 낮은 집들 이외는 무작정 길게 뻗은 전깃줄밖에 보이지 않는다. 그러나 우리의 눈에는 농촌 마을이 자아내는 향토적 서정의 진국을 오랜만에 느끼게 하는 큰 볼거리로 다가왔다.

마선향은 집안 변두리의 작은 마을이다. 중국에서 향(鄕)은 우리나라 읍(邑)에 해당한다. 동네 이름이 삼베 마(麻)자에 가닥 선(線)자로 되어 있는 것에 필시 유래가 있지 싶어 살펴보았더니,

| 천추묘 원경, 기와 '천추만세영고' | 천추묘를 비롯해 서대묘, 태왕릉, 장군총 등 10여 기의 대형 고분은 고구려 왕릉으로 추정되고 있다. '천추묘'라는 이름은 이곳에서 발견된 '천추만세영고'라는 글씨가 새겨진 전돌에서 유래하였다.

여기도 통구처럼 북에서 남으로 흐르는 계곡이 있는데 그 양옆의 산자락이 마치 삼베 가닥처럼 굵게 퍼져 있어 그렇겠거니 생각해 보았다. 마선구 계곡에도 2천 5백 기의 고분이 떼를 지어 있는데 마선향 마을 가까이에 이르니 길가 저 멀리로 무너져내린 돌무지 무덤이 보였다. 설명 없이도 천추묘인 것을 알겠다.

무너진 돌무지가 평퍼짐하게 퍼져 있는 천추묘 앞에서 일행들은 그 규모가 하도 엄청나서 너나없이 한숨어린 탄성을 지르고

| **서대묘** | 강자갈로 이루어진 계단식 돌무지무덤으로 도굴로 인해 가운데가 움푹 파여 마치 쌍분처럼 보인다. 미천왕릉으로 추정되고 있다.

말았다. "세상에, 이것이 무덤이라니." "모르고 보면 이건 자갈 채취장이다."

천추묘의 본래 크기는 가로, 세로 각각 약 63미터로 현재 남아 있는 높이만 10미터에 이른다. 여기서는 수많은 기와조각들과 수막새가 발견되었는데 그중에는 다음과 같은 글씨가 새겨진 전돌이 있다.

천추만세영고(千秋萬歲永固): 천년만세토록 길이 견고하여라
보고건곤상필(保固乾坤相畢): 하늘땅이 다할 때까지 견고함을 유
　지하여라

이로 인해 이 무덤은 천추묘라는 이름을 얻었다. 무덤 정상부에는 제사를 지내던 향당(享堂)이 있었음이 확인되었다. 규모로 보아 틀림없는 왕릉으로 보이는데 그렇다면 어느 왕의 능일까?

집안의 고구려 왕릉은 4세기에서 5세기, 대개 미천왕(재위 300~31)부터 장수왕(재위 413~91) 사이의 왕릉으로 생각된다. 그렇다면 미천왕 - 고국원왕 - 소수림왕 - 고국양왕 - 광개토대왕 - 장수왕 중 하나가 된다. 중국의 학자들은 이 천추묘를 광개토대왕의 아버지인 고국양왕의 무덤으로 추정하고 있다. 고구려 왕의 시호 중 고국천왕, 고국원왕, 고국양왕 등 '고국'은 바로 이 마선 지역을 일컫는다.

천수묘에서 마선구 계곡 건너편 서쪽 방향으로는 서대묘(西大墓)가 있다. 서대묘란 말 그대로 서쪽에 있는 큰 묘이다. 강자갈로 이루어진 계단식돌무지무덤으로 도굴로 인해 가운데가 움푹 파여 마치 쌍분처럼 보이는데, 이는 전연(前燕)의 모용황(慕容皝)이 쳐들어와서 무덤을 파헤치고 시신을 가져갔다는(342) 미천왕릉으로 추정되고 있다. 이때 고국원왕은 실로 고군분투하여 고구려를 지켰다.

미천왕, 고국원왕, 소수림왕

고구려가 대대적으로 영토 확장에 나선 것은 4세기 벽두, 제15대 미천왕(美川王, 재위 300~31) 때부터였다. 중국 대륙이 5호

16국으로 난립하는 정세의 혼란을 틈타서 미천왕은 근 300년간을 벼려온 한사군 지역 정벌에 나서 311년에는 요동 땅 서안평(西安平)을 점령했고, 313년에는 낙랑군(樂浪郡)을, 314년에는 대방군(帶方郡)을 정벌하여 고구려의 영토로 삼았다. 이것이 광개토대왕과 장수왕 때까지 이어지는 고구려 영토 확장의 출발이었다. 그러나 그 과정에는 고국원왕(故國原王, 재위 331~71)의 피눈물 나는 노력과 희생이 있었다.

고국원왕은 서쪽으로는 전연의 모용황, 남쪽으로는 백제 근초고왕(近肖古王, 재위 346~75년)이라는 막강한 정복군주들과 대립하며 재위 40년간 수많은 전쟁을 치르고 결국은 전쟁 중 전사하고 마는 전투의 제왕이었다.

선비족 모용씨는 요서 땅에 '연(燕)'이라는 나라를 세우고서 고구려에게 입조(入朝)하여 주종관계를 확실히 하라고 강요했다. 그리고 342년, 연나라 모용황이 병력 4만 명을 거느리고 환도성을 점령하고 왕에게 굴복할 것을 요구했다. 그러나 고국원왕이 응하지 않자 궁실을 불태우고 환도성을 헐어버리고 돌아가면서 고국원왕의 어머니와 왕비를 인질로 사로잡고 미천왕의 무덤을 파서 시신을 싣고 갔다.

고국원왕은 할 수 없이 이듬해 아우를 전연에 입조시켜 미천왕의 시신을 찾아오고 355년에는 낙랑공(樂浪公)으로 임명되는 것을 받아들인다는 조건으로 어머니를 모셔왔다. 모용씨는 그렇게 고구려를 굴복시켰지만 전연이라는 나라는 그로부터 15년도 안 되어 전진(前秦)에게 멸망당했고 고구려는 더욱 막강해진다.

남쪽으로는 백제 최고의 정복왕인 근초고왕과 대방 지역을 놓고 격하게 싸움을 벌이게 되었다. 371년 근초고왕이 평양성을 공격해오자 고국원왕은 노구를 이끌고 직접 나아가 싸우다가 화살에 맞아 전사했다.

고국원왕 뒤를 이어 왕위에 오른 이가 제17대 소수림왕(小獸林王, 재위 371~84)이다. 소수림왕은 선왕들과 달리 내치와 외교에 힘써 전연을 멸망시킨 전진에서 외교 사절과 함께 온 승려 순도(順道)를 통해 불교를 받아들이고(372), 유교 교육기관인 태학(太學)을 설립하고, 373년에는 율령(律令)을 반포하여 중앙집권적 국가 체제를 완벽하게 갖추었다. 이처럼 정치·사회 제도가 안정된 토대에서 이후 고구려의 영광이 시작된다.

마선향 홍성촌(紅星村) 도로변에 있는 마선구 2100호분은 계단식돌무지무덤으로 원래는 7단 정도였을 것이나 현재는 4단 정도만 분명히 남아 있는데, 여기서 발굴된 금제 장신구와 쇠거울, 새 문양이 있는 와당 등으로 보아 학자 중에는 이를 소수림왕의 무덤으로 추정하는 경우도 있다.

소수림왕 사후, 동생인 제18대 고국양왕(故國壤王, 384~91)의 짧은 치세를 지나 그의 아들인 제19대 광개토대왕(廣開土大王, 재위 391~412)의 위대한 정복사업으로 들어가게 되니 고국원왕 위치에서 보면 아버지가 미천왕이고 아들이 소수림왕이고 손자가 광개토대왕인 것이다.

| **마선구 2100호분** | 계단식돌무지무덤으로 원래는 7단 정도였을 것이나 현재 4단 정도만 남아 있는데 여기서 발굴된 유물들로 보아 소수림왕의 무덤으로 추정되고 있다.

　고국원왕은 이처럼 죽음으로써 나라를 지켰건만 아직 그의 능이 어디인지는 확정 짓지 못하고 있다. 고국원왕의 무덤은 집안에 있지 않고 평양 부근에 있을 것으로 추정하고 안악 3호분이 전연에서 귀화한 동수(冬壽)가 아니라 고국원왕의 무덤이라고 주장하는 학설도 있다.

동북공정

　2000년대 벽두부터 시행된 중국의 동북공정은 우리의 역사적 자존심에 많은 상처를 주었다. 동북공정의 정식 명칭은 '동북변

강 역사와 현상 계열연구 공정(東北邊疆 歷史與現狀 系列研究工程)'
으로, 중국 사회과학원 산하 35개 연구소 중 하나인 중국변강사
지연구중심(中國邊疆史地研究中心) 주도하에 진행된 학술 연구 프
로젝트다. 1983년에 설립된 중국변강사지연구중심은 이른바 '역
사와 현상'을 집중 연구한다는 목표 아래 서남공정(西南工程) 5개
년 계획, 서북공정(西北工程) 5개년 계획을 수행하고, 2002년부터
2007년까지 동북공정 5개년 계획에 들어갔다.

중국은 약 93%의 한족과 약 7% 인구의 55개 소수민족으로 이
루어진 다민족국가다. 그런데 이 소수민족 정책이 간단치가 않
다. 특히 티베트족과 위구르족은 끊임없이 독립을 원하고 있다.
이에 대한 대책의 하나로 변경 지역의 '역사와 현상', 즉 과거와
현재를 종합적으로 연구한다는 목적에서 이 프로젝트가 나온 것
이다.

먼저 티베트족의 서장(西藏, 시짱)자치구 연구를 위한 서남공정
5개년 계획을 마치고, 위구르족의 신강(新疆, 신장)자치구 연구를
위한 서북공정 5개년 계획을 마친 뒤 마지막으로 동북공정 5개
년 계획을 실시했다.

이렇게 서남·서북·동북 공정을 진행하면서 중국이 내세우는
주장은 오늘날 중국이란 오랜 역사 과정을 통해 통일적으로 형성
된 국가, 즉 '통일적 다민족 국가'라는 것이다. 이 통일적 다민족
국가론은 중국을 형성하는 데 공헌한, 현재 중국의 국경 내에 존
재했거나 존재하는 모든 민족은 중국 민족이고, 그들의 역사 역

시 중국 역사의 범주에 포함된다는 논리다. 그 결과 티베트족과 위구르족은 탄압을 받게 되었고 우리는 역사를 침탈당했다.

동북공정 사무처가 인터넷에 연구 내용을 공개하면서 2004년 한·중 간 외교문제로 비화되기도 했는데, 이에 우리나라도 역사 왜곡에 체계적으로 대처하기 위해 2004년 3월 고구려사연구재 단을 발족했고, 독도 문제까지 함께 대응하기 위해 2006년 동북 아역사재단으로 기관 명칭을 변경했다.

이후 중국이 이 문제를 정치 쟁점화하지 않고 학술적인 연구 에 맡기며 한국의 관심을 고려한다는 구두 합의를 하면서 일단 갈등이 봉합됐지만 그 여진은 아직도 남아 있다. 환인과 집안의 고구려 유적과 연길의 발해 유적에 대한 한국인의 관광을 철저하 게 통제하여 출입을 막는 것은 물론이고 사진조차 찍지 못하게 하는 것을 보면 동북공정의 진짜 목적이 무엇이었는가를 의심하 게 되는 것이다. 이럴수록 우리는 고구려와 발해가 잃어버린 역 사가 되지 않게 우리의 공정을 진행해야 하는 것이 아닌가. 내가 '국토박물관 순례' 고구려편의 답사처를 만주 땅 환인과 집안으 로 잡은 것은 우리 역사와 문화유산에 대한 내 나름의 공정이다.

북한 문화유산의 유네스코 세계유산

중국의 동북공정은 2004년 고구려의 수도였던 환인과 집안 의 대표적인 문화유산들을 유네스코 세계유산에 등재시키는 사업으로 이어졌다. 등재 이름은 '고대 고구려 왕국의 수도와 묘지'(Capital Cities and Tombs of the Ancient Koguryo Kingdom)이고 그 대상은 다음과 같다.

오녀산성, 국내성, 환도산성, 광개토왕비, 장군총, 태왕릉, 춤무덤·씨름무덤·다섯무덤(오회분)·사신무덤 등 고분 40기(왕릉 14기, 귀족묘 26기)

중국이 고구려 유적을 유네스코 세계유산에 등재하기 위해 잠정목록에 올렸을 때 우리나라의 입장은 난감했다. 만주 땅의 고구려 유적을 세계유산으로 등재 신청하는 것은 실효적 지배를 하고 있는 중국의 고유 권한이다. 그러나 이로 인해 국제적으로 마치 고구려의 역사가 중국사의 일부인 것으로 비치게 되는 것을 그대로 보고만 있을 수는 없는 일이었다.

고심 끝에 우리는 북한의 고구려 유적과 공동 등재를 추진하는 방안을 모색했다. 그러나 북한은 1974년에 유네스코에 가입만 했을 뿐 세계유산 등재와 관련해서는 아무런 활동을 하지 않고 있었다. 이에 우리는 즉각 북한이 평양 주변에 있는 고구려 벽화고분을 유네스코 세계유산에 등재하도록 도왔다.

당시는 김대중 대통령의 국민의정부와 노무현 대통령의 참여정부의 교체기로 북한과의 평화공존과 문화협력의 분위기가 조성되어 있어서 적극 추진할 수 있었다. 여기에는 유명한 일본 화

| 북한의 세계유산 | 1 동명왕릉(평양) 2 안악3호분(황해남도 안악) 3 남대문(개성) 4 만월대 (개성)

가로 당시 동경예술대학장이었던 히라야마 이쿠오(平山郁夫)의 적극적인 도움이 있었다. 그는 북한 고구려 벽화고분의 세계유산 등재를 위해 유네스코 친선대사로서 다각적으로 문화외교를 전개했다. 1997년 북한 측 초청으로 처음 방북한 이래 아홉 차례 북한을 방문했고, 벽화 보존기술 전수 및 보존에 필요한 장비를 사비로 제공했으며, 고구려 고분벽화의 우수성을 세계에 알리며 백방으로 노력했다. 우리 정부는 그에게 수교훈장을 수여했다.

문화재청은 국내 학자와 보존과학 전문가를 북한에 파견하여 약수리 고분 등의 보수 작업도 도왔다. 그리하여 마침내 2004년 7월, 북한의 고구려 고분 60여 기도 유네스코 세계유산으로 지정되었다.

동명왕릉과 주변 고분군(진파리 고분 1~15호 포함), 호남리 사신묘, 평안남도 덕화리 1~3호분, 남포의 강서 상·중·하 3묘, 덕흥리 고분, 약수리 고분, 수산리 고분, 룡강 큰무덤, 쌍영총, 황해남도 안악 1~3호분

공동 등재가 이루어지지는 않았지만 같은 해, 같은 총회에서 북한과 중국의 고구려 문화유산이 유네스코 세계유산으로 등재된 것이다. 이후 북한은 문화외교에서 세계유산 등재의 중요성을 인식하게 되어 개성 지역 고려시대 유석의 등재를 추진했다. 우리 문화재청은 이를 적극 지원하여 고려 궁궐 터인 만월대 발굴을 남북한 공동 사업으로 시행했다. 그리고 마침내 2013년 개성의 고려시대 유적지들이 유네스코 세계유산으로 등재되었다. 등재된 유적은 모두 12곳이다.

개성 성곽(5개 구역), 만월대와 개성 첨성대, 개성 남대문, 고려 성균관, 숭양서원, 선죽교와 표충비, 왕건릉·명릉군·칠릉군, 공민왕릉

북한은 2008년에는 유네스코 무형문화유산 보호협약에도 가입했다. 남한에서는 현재까지 무형문화유산으로 종묘제례악 등 22건, 세계기록유산은 『훈민정음』 『조선왕조실록』 『승정원일기』

등 18건이 등재되었다. 남한이 2012년과 2013년에 무형문화유산으로 등재한 아리랑과 김장은 2014년과 2015년에 북한의 무형문화유산으로도 등재됐다. 그리고 2018년에는 씨름을 남북한 공동으로 등재했다. 북한의 단독 무형문화유산으로는 평양냉면이 등록되었다. 세계기록유산으로는 정조의 명을 받든 박제가·이덕무 등이 편찬한 『무예도보통지(武藝圖譜通志)』가 있다. 세계유산은 이처럼 남북한의 민족적 동질성을 담보해주고 있다.

집안의 고구려 벽화고분

마선구 고분군 답사를 마치고 우리는 국내성으로 돌아와 점심을 먹었다. 그날은 추석이어서 집행부는 거나한 오찬을 제공할 생각이었다. 그러나 일행들이 훌륭한 메뉴보다도 강변 식당으로 가기를 원하여 전날 밤에 조용필 노래를 틀어준 아주머니네 식당으로 갔다. 그런데 황공하게도 추석날이라고 압록강에서 잡은 민물고기 매운탕이 나왔다. 우리는 냄비에 수저를 바쁘게 저으면서도 눈은 강 건너 미루나무가 있는 만포 땅 강마을에 두며 황홀한 점심을 먹었다.

점심식사 후 우리는 대망의 우산하(禹山下) 고분군으로 떠났다. 지금부터 답사할 유적이 집안 답사, 아니 고구려 답사의 하이라이트다. 태왕릉, 광개토대왕릉비, 장수왕릉인 장군총, 그리고 춤무덤, 씨름무덤 등 유명한 고구려 벽화고분들이 모두 여기에 있다. 총 2,539기로 돌무덤이 1,376기이며, 흙무덤이 1,163기다.

　우산하 고분군 답사의 순서는 거리상으로도 그렇지만 개방 시간이 제한되어 있어 태왕릉, 광개토대왕릉비, 장군총을 뒤로 미루고 벽화고분부터 답사하기로 했다. 지금까지 발견된 고구려 벽화무덤의 숫자는 연구자마다 다른데, 내가 확인한 바로는 집안·환인 지역에서 31기, 평양·안악지역에서 76기 등 모두 107기가 확인되고 있다. 그중 피장자와 조성 연대가 밝혀진 것은 안악 3호 분(동수, 357년), 덕흥리 고분(유주자사 진鎭, 408년), 그리고 모두루총(5세기 전반) 셋뿐이다.

　고구려 벽화고분은 350년 무렵부터 668년 멸망까지 300년간 소실되면서 초기 100년간은 여러 간 무덤의 초상화, 중기 100년간은 2칸 무덤의 풍속화, 후기 100년은 1칸 무덤의 사신도 벽화로 이동하는 양식사의 흐름을 보여준다. 이러한 양식의 변화는 무덤의 주제가 초기는 피장자 개인, 중기는 내세의 삶이 영위되는 공적인 공간, 후기는 영혼의 세계를 구성하는 질서 등으로 변해간 것을 말해준다. 즉 고구려 사람들의 죽음에 대한 인식이 이처럼 점점 높은 차원으로 발전해갔음을 알 수 있다.

　그중 중기를 대표하는 무용총(춤무덤)과 각저총(씨름무덤), 후기를 대표하는 통구사신총과 오회분 4호와 5호 무덤이 이곳 우산하 고분군 안에 있다. 이 중 내부를 공개하는 무덤은 오회분 5호 하나뿐이다.

| 고구려 고분벽화 | 1 덕흥리 벽화(여러 칸 무덤) 2 무용총 수렵도(2칸 무덤) 3 강서대묘 사신도(1칸 무덤)

오회분 5호 무덤

집안 기차역을 조금 지나니 육중한 우산 아래로 고구려 고분들이 넓게 펼쳐져 있었다. 그중 오회분(五盔墳) 다섯 기의 무덤은 마치 5개의 투구(盔)가 놓여 있는 것 같다고 해서 붙은 이름인데 지금은 '집안다섯무덤'이라 부르고 있다. 그중 4호와 5호 무덤은 거의 같은 구조에 같은 벽화 내용을 담고 있는데, 1칸 구조의 돌방무덤으로 네 벽에 사신도를 주제로 한 그림이 있고 귀퉁이와 고임돌에 온갖 상상의 신선들을 그려 넣어 신비로운 천상의 세계를 표현하고 있다. 오회분 1~3호분에서는 벽화가 발견되지 않았다.

5호분의 벽화는 책에서 도판으로 볼 때보다 훨씬 색채가 선명하고 도상이 또렷했다. 소의 머리에 사람의 몸을 하고서 곡식 이삭을 쥐고 앞으로 나아가는 농사신, 횃불을 들고 날아가는 불의 신, 벌겋게 달구어진 쇳덩이를 모루 위에 올려놓고 망치로 두드리는 대장장이신, 바퀴를 매만지는 수레바퀴신, 용을 탄 신선, 장구 치는 신선, 춤추는 신선 등 상상의 신과 신선을 실감나게 그렸다. 색채도 아름답게 구사되어 낱낱 장면이 한 폭의 신선도라고 해도 좋을 정도다.

그중에서도 압권은 역시 복희와 여와를 형상화한 해신과 달신의 만남이었다. 동그라미 속에 삼족오(三足烏)를 그린 해를 머리에 인 해신과 역시 동그라미 속에 두꺼비를 그린 달을 머리에 인

| 오회분 5호분 벽화 | 1 수레바퀴신 2 소의 머리에 사람의 몸을 한 농사신 3 해신과 달신(모사도)

달신이 마치 천상에서 다이빙하듯 내려왔다가 다시 몸을 솟구쳐 가슴을 마주 대하며 치솟아오르는 듯한 장면이 극적이기 그지없다. 고구려의 강한 기상과 서정을 남김없이 보여주면서, 이제 고구려 고분벽화가 상상의 날개를 펴 어디론가 더 비약하고 있다는 느낌을 준다.

5호분 답사를 마친 뒤 우리는 비록 무덤 내부로는 들어가지 못할지언정 다른 벽화고분들을 둘러보았다. 사냥 그림으로 유명한 춤무덤과 씨름무덤은 쌍둥이처럼 붙어 있었다. 저쪽으로 돌아 나가니 사신도의 현무 그림이 현란하게 그려진 것으로 유명한 통구 사신무덤이 있고 그 옆에 산연화(散蓮花)무덤이 있었다.

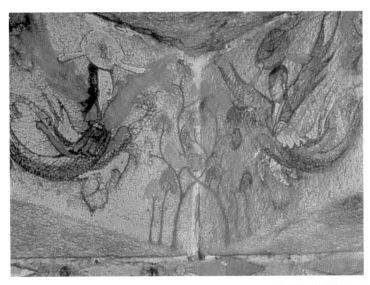

| 오회분 4호의 해신과 달신 | 오회분 4호와 5호에는 복희와 여와를 형상화한 해신과 달신이 공통적
으로 그려져 있다. 화려한 색채와 극적인 구도로 고구려의 강한 기상과 서정을 남김없이 보여준다.

이 산연화무덤 벽에는 사면 흩날리는 연꽃잎 그림만 장식되
었는데, 1907년 프랑스의 대표적인 동양학자인 에두아르 샤반
(Edouard Chavannes)이 중국에 문화재 조사를 나왔다가 이를 우
연히 발견하여 이듬해 논문으로 발표함으로써 고구려 고분벽화
가 있다는 사실이 온 세상에 알려지게 되었다. 중국에서는 이 고
구려 벽화고분을 왕릉이 아니라 귀족무덤으로 단정 지어 유네스
코 세계유산 등재 때 명칭을 '고구려 귀족무덤'이라고 했다.

고구려 고분벽화를 생각할 때마다 드는 의문과 아쉬움은 어느
날 급작스럽게 벽화고분이 만들어지지 않게 되었다는 사실에서
온다. 미술사에서 모든 양식은 초기의 생성기, 중기의 발전기, 후

| 태왕릉, 기와 '원태왕릉 안여산 고여악' | 광개토대왕릉으로 추정되는 태왕릉은 다 무너져내려 전모를 가늠하기 힘들지만 한 변이 약 68미터, 높이는 14미터에 달한다. 태왕릉이라는 이름은 '원태왕릉 안여산 고여악'이라고 새겨진 전돌이 발견된 데서 유래했다.

기의 난숙기, 그리고 말기의 쇠퇴기라는 리듬을 갖는다. 이것은 하나의 법칙 같은 것이다. 그런데 우리 고구려 고분벽화에서는 말기 현상이 나타나지 않았다. 즉, 고구려는 문화가 정점에 도달한 순간 막을 내린 것이다. 김원용 선생은 고구려 문화사가 마치 '사고사(事故死)'를 당한 것처럼 허무하게 끝났다고 했는데 고분

벽화를 보면 더욱 그런 생각이 든다.

태왕릉

이제 우리는 집안 답사의 마지막 코스, 어쩌면 고구려 답사의
하이라이트라 할 태왕릉, 광개토대왕릉비, 장군총을 향하여 힘차

게 떠났다. 태왕릉(太王陵)은 천추묘와 마찬가지로 다 무너져내려 전모를 가름하기 힘들지만 한 변이 62.5미터 내지 68미터이고 높이는 14미터에 달한다. 태왕릉이라는 이름은 1913년 발굴조사 에서 출토된 전돌에 새겨진 다음과 같은 글씨에서 유래한다.

원태왕릉 안여산 고여악(願太王陵 安如山 固如岳, 원하옵건대 태왕릉이 산악처럼 평안하고 굳건하기를 염원합니다)

태왕릉이라는 이름에 걸맞게 어마어마한 크기다. 바닥 길이가 장군총의 약 두 배씩이며 각 면에 3개씩 기대놓은 자연석 호분석 (護墳石)이 이 무덤의 위용을 말해준다. 무덤의 내부에는 장군총 과 마찬가지로 돌방이 구축되어 있는데, 1990년 중국에서 조사 했을 당시 돌방에서 맞배지붕을 가진 형태의 석곽(돌덧널)이 발 견되었고 관을 올려놓는 관대(棺臺)가 2개 있는 것으로 보아 부부 합장묘였음을 알 수 있었다고 한다.

태왕릉에서 북동쪽으로 200미터 떨어진 곳에 광개토대왕릉비 가 있어 이 능은 광개토대왕릉으로 생각된다. 무덤의 방향과 광 개토대왕릉비의 방향이 정반대라는 점에서 이론을 제기하는 학 자도 있지만 태왕릉이라고 새긴 전돌이 나왔기 때문에 아직은 광 개토대왕릉으로 보는 것이 정설이다.

| 광개토대왕릉비 | 광개토대왕이 죽은 뒤 만 2년째 되는 9월에 대왕의 능과 함께 건립되었으며, 고구려의 건국신화와 광개토대왕의 행장 등이 적혀 있다. 현재 유리장을 씌워 보호하고 있다.

광개토대왕릉비

광개토대왕릉비는 현재 유리장 안에 보호되어 있다. 사실 보존만을 생각한다면 통풍이 잘되도록 개방해야 하는데, 엄격하게 관리하며 사진도 찍지 못하게 하면서 왜 유리장에 가두어놓고 있는지 이해가 가지 않는다. 광개토대왕릉비 앞에 갔을 때 나는 비각 앞에서 미리 준비해 간 2장의 사진을 꺼내 방향을 맞추어보았다.

하나는 총독부에서 발간한 『조선고적도보』에 실려 있는 것으로 사진 속 초가집이 비석의 크기를 가늠하게 해준다. 또 하나는 1912년 일제 조사단의 답사에서 촬영된 광개토대왕릉비 주변의

| 광개토대왕릉비의 옛 모습 | 고구려 멸망 후 이 비석에 대한 역사 기록은 어디에도 없다. 비석의 존재가 다시 알려진 것은 1880년 무렵 만주를 정탐하던 일본인 장교에 의해서였다. 『조선고적도 보』에 실린 사진이다.

전경으로 멀리 태왕릉이 보인다. 이 사진들을 보아야 머릿속에 상상해온 광개토대왕릉비의 실체감이 살아난다.

광개토대왕릉비는 광개토대왕이 죽은 뒤 만 2년째 되는 장수왕 3년(414) 9월에 대왕의 능과 함께 건립된 비석으로, 높이가 6.39미터에 달하고 무게는 37톤으로 추정된다. 특별히 가공을 가하지 않은 응회암 자연석 각 면에 윤곽선을 긋고 정방형의 예서체로 비문을 새겼는데, 글자의 크기는 10센티미터 정도로 44행 1,775자이다. 그중 150여 자는 훼멸되어 판독이 불가능하다.

비석의 재발견

이 비석의 존재가 다시 알려진 것은 1880년 무렵이다. 고구려 멸망 후 이 비석에 대한 역사 기록은 아무데도 없다. 만주 땅이 발해 – 요나라 – 금나라 – 원나라 – 명나라 – 청나라로 이어지는 동안 광개토대왕릉비는 고사하고 이것이 고구려시대 비석이라고 언급한 기록조차 없다. 어쩌다 조선시대 문인 관료 중에 국경을 순시하다가 만포에서 압록강 너머로 집안을 바라보면서 우산하 고분군에 우뚝 서 있는 장대한 비석을 보고 글을 남긴 경우가 있기는 했으나 그들도 이것이 광개토대왕릉비라는 사실은 알지 못했고, 고구려 유적이 아니라 금나라 황제와 관련있을 것으로만 생각했다.

성종 18년(1487) 평안감사 성현(成俔)은 강계, 만포 등 국경지역을 순시하면서 지은 「망황성교(望皇城郊)」에서 태왕릉을 '제릉 (帝陵)'이라고 하고, 비는 '천척비(千尺碑)'라고만 했다.

또 중종 31년(1536) 심언광(沈彦光)이 집안 주변에 몰래 거주 하는 여진족을 타일러 압록강가에서 퇴거시키는 임무를 받고 파 견되었던 때에 지은 시도 있는데, 제목부터 '만포도중 망견금황 제묘(滿浦道中 望見金皇帝墓)', 즉 '만포로 가는 도중 금나라 황제묘 를 바라보면서'였다.

압록강은 서쪽으로 흘러 땅을 가르고	鴨水西流政抹坤
강 건너편은 모두 오랑캐 진지라네	隔江皆是犬羊屯
(금나라) 완안부의 옛날 황량한 성이 있는데	完顔古國荒城在
황제의 무덤도 있고 큰 비석도 서 있네	皇帝遺墳巨碣存

17세기 청나라 시대로 들어가면 금석학이 일어나 중국 전토의 옛 비문들이 주목받았지만 만주 지역 전체가 청나라 발상지라는 이유로 오랫동안 봉금되었다가 1880년대에 이 지역의 봉금이 풀리면서 뒤늦게 금석학계에 알려졌다.

그리고 본격적으로 재발견된 것은 만주를 정탐하던 일본인 장 교에 의해서였다. 일본 육군 참모본부의 정탐꾼이었던 사코 가게 아키(酒勺景信)가 1883년 비문의 탁본을 확보하여 참모본부에 제 출한 것이다. 그리고 일제는 이 비문 중 이른바 '신묘년(391) 기 사'를 '왜가 백제와 신라를 신민(臣民)으로 삼았다'고 작의적으로 해석하면서 많은 논쟁을 불러일으켰다.

비문의 탁본은 여럿 출현하여 중국과 일본에서 전해지고 있다. 원석 탁본으로 가장 유명한 일본의 미즈타니본(水谷本)이나 베이징대학 소장본은 1889년께, 중국의 왕씨장본(王氏藏本)은 1883~89년에 제작된 것으로 추정되고 있으며 국내의 임창순 탁본(국립중앙박물관 소장)도 원석 탁본으로 여겨지고 있다. 근래에 중국 학자 서건신(徐建新, 쉬 젠신)은 「고구려 호태왕비 초기 탁본에 관한 연구」(제11회 고구려 국제학술대회, 2005.10)에서 이홍예(李鴻裔)가 반조음(潘祖蔭)에게 증정한 탁본을 제시하면서, 첨부된 4건의 제발(題跋)로 판단할 때 이 탁본이 1881년이나 그 이전에 제작된 가장 오래된 탁본이라고 주장한 바 있다.

그러나 탁본이 오래되었고 또 원석 탁본이라고 하여 더 정확하다는 것을 의미하지는 않는다. 비문 자체가 마모되어 보이지 않거나 획이 박락된 글자가 150여 자에 이르고 탁본마다 글자의 모양에 차이가 있어 비문 해석에서 많은 논쟁이 있다. 우선 19세기에 처음 광개토대왕릉비가 재발견되어 탁본할 때는 비석에 이끼가 많이 끼어 있어서 이를 불태워 제거하기 전까지는 글자를 정확히 탁본해내기 힘들었을 것으로 보고 있다. 글자가 잘 안 보일 경우 탁본을 할 때면 통상 석회로 추정되는 글자를 만들고 나서 찍어내기도 하고 또는 글자 테두리를 그린 다음 먹을 칠하는 쌍구가묵법(雙鉤加墨法)으로 보완하기도 한다.

1972년에 재일 역사학자 이진희(李進熙)는 일제가 광개토대왕릉비문을 변조했다는 조작설을 발표하여 큰 반향을 일으킨 바 있다. 이에 한국학계는 전면적인 재조사를 주장했으나 일본학계는 이를 부정하고 다양한 견해를 제시했다. 그리고 1980년대에 들어서는 중국학자 왕건군(王建群 왕 젠췬)이 현지 탁공(拓工)에 의해 석회도포(石灰塗布)로 글자가 만들어졌음을 밝혔는데 그는 신묘년조 자체는 변조되지 않았다고 보았고, 여기서 왜는 왜구라는 해석을 제시했다. 이후에도 서예가 김병기 교수 등이 비문 글자 변조설을 계속 제기하는 것은 이런 사정을 말해준다.

비문의 내용 제1부 : 건국설화와 대왕의 행장

광개토대왕릉비문의 내용은 3부로 구성되어 있다. 제1부는 고구려의 건국신화와 추모왕·유류왕(儒留王)·대수류왕(大朱留王) 등의 세계(世系), 그리고 광개토대왕의 행장(行狀)을 쓴 것이다. 제2부는 광개토대왕 때 이루어진 정복활동을 연도에 따라 적고 그 성과를 적은 것이다. 그리고 제3부는 광개토대왕 생시의 명령에 근거하여 능을 관리하는 수묘인 연호의 수와 차출 방식, 수묘인 매매 금지에 대한 규정을 적은 부분이다. 시조 추모왕의 건국설화를 말하는 광개토대왕릉비문의 첫 문장은 다음과 같다.

아! 옛날 시조 추모왕이 나라를 세우셨다. 왕은 북부여에서 나셨으며, 천제의 아들이고 어머니는 하백의 따님이시다.(惟昔始祖鄒

| 광개토대왕릉비와 장군총 | 장군총에서 200미터 떨어져 있는 곳에 광개토대왕릉비가 서 있어 장군총을 광개토대왕릉으로 보는 견해도 있다.

牟王之創基也 出自北夫餘 天帝之子 母河伯女)

　　이어서 제2대 유류왕(유리왕), 제3대 대주류왕(대무신왕)까지 고구려 왕실의 연원과 왕업을 말한 다음 광개토대왕에 이르러 다음과 같이 말하고 있다.

　　17세손에 이르러 국강상광개토경평안호태왕(國岡上廣開土境平安好太王)이 18세(391)에 왕위에 올라 칭호를 영락대왕(永樂大王)이라 하셨다. (왕의) 은택은 하늘까지 적시고 위무(威武)는 온 세상에 떨치셨다. (왕이) ▨▨를 쓸어 없애니 백성이 그 생업을 평안히 하였다. 나라가 부강하고 백성이 윤택하며 오곡이 풍성하게 익었다. 하늘이 (우리 백성을) 어여삐 여기지 않아 39세(412)에 세상을 버리고 떠나셨다. 갑인년(414) 9월 29일 을유(乙酉)일에 산릉(山陵)에 모시었다. 이에 비를 세우고 훈적을 기록해 후세에 알리고자 한다.

비문의 내용 제2부: 정복 전쟁의 공훈

제2부에는 광개토대왕의 8번에 걸친 정복 전쟁의 공훈이 기록되어 있다.

영락 5년(395): 부산(富山), 부산(負山)을 지나 염수(鹽水)의 상류에 이르러 3개 부락, 6~7백 개 영(營)을 격파하고, 노획한 소와 말, 양떼의 수가 헤아릴 수 없이 많았다.

영락 6년(396): 왕이 몸소 군을 이끌고 잔국(殘國, 백제)을 토벌하였다. 58개 성(城)과 7백 촌을 공파하고, "영원히 노객(奴客)이 되겠다"는 아신왕의 항복을 받아낸 뒤 왕제(王弟)와 대신(大臣) 10인을 비롯한 포로 1천 명을 얻어 돌아왔다.

영락 8년(398): 군사를 보내 식신(숙신)을 순찰하도록 하고 (⋯) 남녀 3백여 명을 잡아왔다. 이때부터 (식신은) 조공하고 내부의 일을 여쭈었다.

영락 9년(399): 백잔(백제)이 맹세를 어기고 왜와 화통하였다. (⋯) 신라가 사신을 보내 왕께 아뢰기를 "왜인이 신라의 국경에

들어차 성지(城池)를 부수고 노객(奴客, 즉 신라 내물왕)을 왜의 민
(民)으로 삼으려 하니 왕께 귀의해 구원을 청합니다"라고 하였
다. (…) 이에 계책을 (알려주어) 돌아가 고하게 하였다.

영락 10년(400): 보병과 기병 5만을 보내 신라를 구원하게 했다.

영락 14년(404): 왜가 법도를 어기고 대방(帶方, 황해도) 연안을 침
입하였다. (…) 왕이 몸소 군사를 이끌고 나아가 (…) 공격하니
왜구가 궤멸되었고, 참살한 것이 무수히 많았다.

영락 17년(407): (문자의 탈락이 심해 구체적인 실상을 알기 힘드나) 고구
려군은 적군을 섬멸하여 개갑(鎧甲) 1만여 개와 헤아릴 수 없을
정도의 군수품을 얻었고, 돌아오는 길에도 많은 성을 격파했다.

영락 20년(410): 동부여는 옛날 추모왕의 속민이었는데, 중도에
배반하여 조공을 하지 않았다. 왕이 몸소 군대를 이끌고 토벌
에 나섰다. (…) 대략 헤아려보니 공파(攻破)한 성(城)이 64개,
촌(村)이 1,400개였다.

제3부 수묘인 규정

제3부에는 수묘인(守墓人, 묘지기)에 관한 규정으로 수묘인들의
출신지, 각 지역별 호수 배당, 매매 금지 조항 등이 적혀 있다.

| 광개토대왕릉비문 | 특별히 가공을 하지 않은 응회암 자연석의 각 면에 윤곽선을 긋고 정방형의
예서체로 비문을 남겼다. 글자 크기는 하나당 10센티미터 정도로 44행 1,775자인데 그중 150여 자
는 훼멸되어 판독이 불가능하다.

국강상광개토경호태왕이 살아 계셨을 때 말씀하시기를 "선조 왕들께서는 원근 지방에 사는 구민(舊民)들만 데려다가 무덤을 지키고 청소를 하게 하였으나 나는 구민들이 점차 고달퍼져 열악하게 될까 걱정된다.

이 때문에 내가 죽은 뒤 내 무덤을 수호·청소하는 일은 내가 스스로 돌아다니며 직접 데리고 온 한(韓)족이나 예(穢)족들에게 맡기라"고 하셨다.

이에 따라 장수왕은 한족과 예족 220가(家)를 데려오게 했다. 그러나 이들이 (수묘)법칙을 모를까 염려되어 다시 구민 110가를 데려와 새로 온 사람들과 합치니 묘지기 호수가 국연(國烟) 30가, 간연(看烟) 300가가 되어 모두 330가가 되었다.

그리고 선왕(先王) 이래 묘 위에 비를 세우지 않아 수묘인 연호 관리에 차질을 빚었는데, 이제 묘비를 세우고 연호를 새겨 착오가 없게 함과 아울러 수묘인의 매매를 금지시켜 아무리 부유한 사람이라도 마음대로 사지 못하게 하고, 법령을 어겨 파는 자는 벌을 주고, 사는 자는 그 자신이 묘지기가 되도록 했다.

비문의 내용: 신묘년조 해석 논쟁

광개토대왕릉비 재발견 이래 비문의 해석에서 가장 핵심이 되는 것은 다음의 신묘년 기사 32자다.

百殘新羅舊是屬民由來朝貢而倭以辛卯年來渡海破百殘▨▨新羅
以爲臣民

　광개토대왕릉비문을 처음 분석한 일제의 어용사학자들은 이
기사를 다음과 같이 해석했다.

백잔(백제)과 신라는 과거부터 속민으로 조공하였다. 그런데 신묘
년에 왜가 바다를 건너와서 백잔(과) ▨▨ 신라를 쳐부수고 신민
으로 삼았다.

　일제의 어용사학자들 이 구절을 『일본시기』의 삼한정벌 기록
과 임나일본부설에 대한 증거로 삼았다. 위 글자 중 해(海)자는
매(每)로 읽어 '바다를 건너와'가 아니라 '매번'으로 해석하기도
했다.
　이에 국내 학자들은 즉각 이 해석에 반박하여 새로운 해석을
내놓았다. 그 대표적인 예가 위당 정인보와 박시형 선생의 해석
이다. 우선 이 비석은 광개토대왕의 업적을 찬양·미화하기 위해
만들어졌으므로 주어를 고구려로 보아야 한다며 '왜가 신묘년에
와서 (고구려가) 바다를 건너가 격파하였다'로 해석해야 한다고
주장했다.

이후 임창순, 이기백 등 수많은 금석학자, 한문학자, 역사학자가 글자의 판독, 마모된 글자의 추측, 끊어 읽기 등을 다각도로 시도하여 저마다 다른 견해를 내놓고 있다. 우리뿐 아니라 북한, 일본, 중국, 대만의 학자들도 100여 년을 두고 이 논쟁에 참여하고 있다. 이를 여기서 다 소개하는 것은 불가능하다.

그중 내가 받아들이는 견해는, 첫째로 이 비문은 광개토대왕의 공훈을 나열한 것이니 여기에 고구려에 불리한 기사를 실을 까닭이 없다는 사실과, 둘째로 신묘년 기사는 광개토대왕의 여덟 번 정복사업의 하나로 언급된 것이 아니라 영락 6년(396) "왕이 몸소 수군을 이끌고 백제를 토벌하였다"를 말하기 전에 그간의 경위를 언급한 대목임을 감안해야 하고, 또 셋째로 『삼국사기』 「신라본기」 내물왕 37년(392) 1월 기사에 "정월에 고구려에서 사신을 보냈다. 왕은 고구려가 강성했으므로 이찬(伊湌) 대서지(大西知)의 아들 실성(實聖)을 볼모로 보냈다."라고 한 상황을 고려해서 해석해야 한다는 것이다.

이에 나만의 소견은 따로 없고 최근에 동국대 최연식 교수가 일본에서 새로 발견한 탁본을 근거로 제시한 아래의 새로운 끊어 읽기와 해석에 깊이 공감하고 있다(최연식 「영락 6년 고구려의 백제 침공 원인에 대한 검토: 〈광개토왕비〉 신묘년 기사의 재해석을 중심으로」, 『목간과 문자』 24호, 2020).

백잔(백제)과 신라는 예부터 속민으로 계속 조공하였다. 그런데 왜가 신묘년에 ▨破에 건너오자 백제는 (왜와 함께) 신라를 (쳐서) 신민으로 삼으려 하였다. (…)

(이에 영락 6년) 병신년에 왕께서 친히 군사를 이끌고 백잔국을 토벌하셨다.

百殘新羅/舊是屬民/由來朝貢/而倭以辛卯年/來渡▨破/百殘▨ ▨(新)羅/以爲臣民 (…)

以六年丙申/王躬率▨軍/討伐殘國

장군총

광개토대왕릉비를 떠나 우리는 마지막 답사처인 장군총(將軍 塚)으로 향했다. 장군총은 장수왕의 능으로 추정되는 거대한 피 라미드형 무덤이다. 반듯한 돌로 사방을 두른 7층 계단식돌무시 무덤으로 사방 33미터, 높이 13미터이다. 다섯째 단에는 무덤방 (사방 5미터, 높이 5.5미터)으로 들어가는 입구가 뚫려 있고 맨 위는 흙으로 덮였다.

석재는 화강암을 장대석(長臺石, 장방형 입방체 돌)으로 규격 에 맞게 자른 다음 표면을 정성 들여 갈아서 만들었는데 모두 1,100여 개에 달한다. 돌의 크기는 반드시 일정하지 않으나 대략 제1층은 큰 돌을 사용하고 위로 올라갈수록 조금씩 작아진 듯하 다. 맨 아랫단에는 집채만 한 자연석을 4면에 3개씩 12개를 기대 놓아 더욱 튼실하고 웅장해 보인다. 그리고 뒤편에는 반듯한 구

| 장군총 | '동방의 피라미드' '동방의 금자탑'이라는 별칭을 가진 장군총은 1,100여 개에 달하는 화
강암을 규격에 맞게 자른 다음 표면을 갈아서 층층이 쌓아올렸다. 장수왕의 능으로 추정된다.

조의 배총이 그대로 남아 있어 왕릉으로서 이 무덤의 권위를 한
껏 뒷받침해준다.

　장군총은 우산하 고분군 지역에서 동북쪽으로 깊숙이 들어가
높은 자리에 홀로 우뚝하기 때문에 '동방의 피라미드' '동방의
금자탑'이라고도 불린다. 현장에 가서 무덤 앞에 서면 그런 찬사
와 영광의 수식이 얼마든지 가능하다는 생각이 든다. 지금은 철
계단을 철수해버렸다지만 우리가 답사 갔을 때는 5층 돌방 안까

지 두루 살필 수 있었다. 그리고 여기에 올라 서남쪽을 내다보면 약 1킬로미터 거리에 광개토대왕릉비가 압록강을 배경으로 거룩한 자태를 드러내며 우뚝 서 있다. 이것이 고구려 역사의 영광된 자취이고 만주 땅에 서려 있는 고구려의 기상이라는 생각이 들었다. 나는 심호흡하는 자세로 한껏 가슴을 벌리고 대지에서 올라오는 고구려의 혼을 빨아들이면서 천천히 장군총을 내려왔다.

답사를 마치고 호텔로 들어온 우리는 모두 강행군으로 지친

| 장군총 호분석 | 거대한 피라미드형 돌무지무덤인 장군총의 아랫단에는 거대한 호분석을 사방에 기대놓았다

기색이 역력했다. 그래도 나는 저녁식사 후 신경림 시인, 이종구 화백과 딸딸이 택시를 타고 다시 압록강변으로 나아가 강물에 비친 보름달을 원 없이 바라보다 밤늦게 돌아와 잠자리에 들었다.

모두루 무덤

집안에서 이틀간 머물며 국내성, 환도산성, 적석총 무덤떼, 광개토대왕릉과 비, 장수왕의 장군총, 통구의 고분벽화 등을 두루 답사하며 고구려의 역사적 향기에 흠뻑 취한 우리는 못내 아쉬

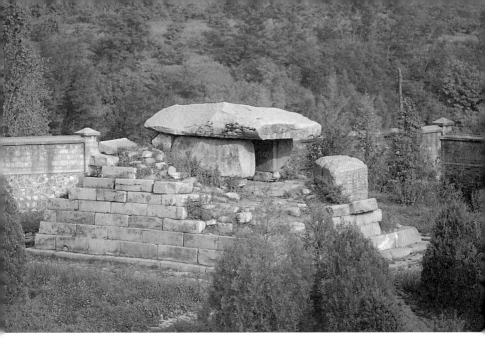

| **장군총 배총** | 장군총 뒤편에는 반듯한 구조의 배총이 그대로 남아 있어 왕릉으로서 장군총의 권위를 한껏 뒷받침해준다.

움을 뒤로 한 채 백두산을 향하여 압록강 상류를 따라가는 긴 여정을 재개했다. 이 길은 만주 땅에서도 국경의 오지여서 관광객은 고사하고 현지인들도 잘 다니지 않아 가이드도 초행이라고 했다. 길은 좁고 비포장 흙길이어서 우리는 이에 대비하여 처음부터 25인승 소형버스로 다녔다.

길은 멀고 험하여 하루 만에 백두산까지 갈 수는 없고 그날 저녁에 임강(臨江, 린징)에 도착하여 하룻밤을 묵은 뒤 다시 하루 종일 달려야 백두산 산자락의 고을인 장백(長白, 창바이) 조선족자치현에 다다를 수 있다고 했다(실제로 우리가 이틀간 주행한 시간은 총 20시간이었다). 버스 기사와 현지 가이드는 한껏 심기일전하는 기분으로 긴장하며 출발했는데 일행들은 평생 다시는 와볼 수 없는 여로라며 차창 밖으로 전개되는 풍광을 놓치지 않으려는 기세였다.

달리는 차창 오른쪽을 바라보니 이제는 너무도 익숙한 압록강이 우리를 계속 따라오고 강 건너 북한의 민둥산과 규격화된 주택들로 이루어진 마을이 펼쳐졌다. 북한 사람들은 이 규격화된 주택을 '하모니카 집'이라고 한단다. 왼쪽 창밖으로는 집안 들판에 벼가 누렇게 익어가고 산비탈엔 가을걷이를 끝낸 옥수수 마른 대궁이 바람에 이리저리 휘날리고 있었다. 만포철교를 지나 얼마만큼 지났는데 들판 한가운데 2기의 고분이 눈에 들어왔다. 한 기는 키 큰 버드나무 곁에 흙더미인 채로 있지만 한 기는 발굴된 무덤마다 공통적으로 보여주는 입구가 완연히 보였다. 내가 바로 건너편 자리에 앉아 있는 가이드에게 무슨 고분이냐고 묻자 그가 큰 소리로 대답했다.

"저게 모두루(牟頭婁) 무덤입니다."

그러자 고대사를 전공한 송기호 교수와 여호규 교수, 그리고 만주의 고구려·발해 유적지 답사기를 준비하고 있는 류연산 선생이 동시에 왼쪽 차창으로 몰려와 연신 카메라를 들이댔다. 고구려 역사와 미술사 전공서에는 반드시 나오는 그 유명한 모두루 무덤이 여기였다.

| 하모니카 집 | 압록강 건너 북한의 민둥산과 규격화된 하모니카 집들의 풍경이 펼쳐졌다.

이곳은 집안시 하양어두(下羊魚頭)라는 마을로, 여기서 1935년
에 발견된 이 무덤은 2칸 돌방흙무덤으로 벽화는 없지만 앞방의
북벽 위에 묵서(墨書)로 쓰여 있는 묘지(墓誌)가 있는데, 그 내용은
여기 묻힌 광개토대왕의 신하 모두루의 일대기다.

더욱이 이 묘지는 금석문이 아니라 회벽에 먹으로 쓴 붓글씨
여서 고구려 서예사를 대표하는 유물이다. 글씨체는 예서에서 해
서로 변해가는 이 시대 서풍을 보여주는데, 자획이 아름다우면서
기백이 넘쳐 고구려인의 기상을 여실히 느끼게 한다. 묘지는 가
로세로 선을 긋고 그 안에 세로 10자씩 약 80행으로 모두 800여

| **모두루 무덤** | 광개토대왕의 신하 모두루의 무덤으로 그의 일대기가 적힌 묘지가 발견되어 고구려 역사서와 미술사 전공서에 반드시 등장하는 곳이다.

자다. 글자가 많이 지워져 해독할 수 있는 것은 약 250자 정도인데, 이는 광개토대왕릉비문 다음으로 긴 고구려시대 글씨다.

 묘지에 따르면 모두루의 선조는 북부여에서 추모왕(주몽)과 함께 내려왔으며, 모두루의 조상으로 대형(大兄) 벼슬을 지낸 염모(冉牟)가 크게 활약했고, 이후 모두루의 할아버지와 아버지의 관등 또한 대형으로, 그 역시 조상의 음덕으로 대사자(大使者)라는 관등을 받아 가문의 출신지인 북부여의 수사(守事)로 파견되었는데 임지에서 광개토대왕이 죽었다는 소식을 듣고 멀리서 슬퍼했다고 한다. 특히 여기에서는 고구려인의 자부심이 스며든 다음의

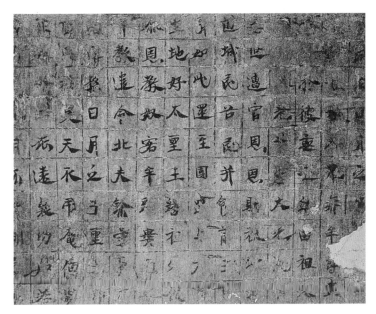

| 모두루 묘지 | 금석문이 아니라 회벽에 먹으로 쓴 붓글씨로서 고구려 서예사를 대표하는 유물이다. 예서에서 해서로 변해가는 이 시대 서풍을 보여주며 자획이 아름다우면서 기백이 넘쳐 고구려인의 기상을 느끼게 한다.

문장이 유명하다.

하백의 손자이며 일월(日月)의 아들인 추모성왕(주몽)이 북부여에서 나셨으니, 천하사방은 이 나라가 가장 성스러운 나라임을 알리라 (河泊之孫 日月之子 鄒牟聖王 元出北夫餘 天下四方 知此國郡最聖).

우리는 모두루 무덤에서 고구려인들의 이 높은 기상을 생각하면서 집안 답사를 마무리했다.

압록강 뗏목

압록강을 무작정 따라가자니 듣던 대로 고을 이름이 계류의 숫자대로 이어져 먼저 4도구(道溝)가 나오고 얼마큼 지나니 6도구, 그리고 또 얼마 안 가서 8도구가 나오며 점점 나오는 속도가 빨라진다. 그러다 19도구가 나오면 장백시고 거기서 백두산을 향해 나아가면 23도구에서 끝난다고 했다. 압록강은 그 많은 지류 때문에 하류로 내려올수록 수량이 점점 풍부해지는 것이었다. 9도구쯤을 지날 때 누군가가 창밖을 보다가 소리를 질렀다.

"뗏목이다!"

우리는 차를 세우고 모두 강가에 서서 두 척의 뗏목이 강물을 따라 유유히 내려오는 모습을 하염없이 바라보았다. 말로만 듣고 흐릿한 옛 흑백사진으로나 보았던 압록강 뗏목의 실제를 보자니 감회가 일어나지 않을 수 없었다. 뾰족한 뱃머리에 서서 사공 네댓 명이 저렇게 긴 뗏목을 끌고 강물 따라 나아가는 모습이 장관이었다. 마치 꼬마 예인선이 엄청나게 큰 배를 끌고 가는 것처럼 신기해 보였다.

뗏목이 우리 앞을 지날 때 본래 목청이 큰 나는 엄마 젖 먹던 힘까지 다 해서 한껏 소리 질러 불러보았다.

| **압록강 뗏목** | 사공 네댓 명이 뾰족한 뱃머리에 서서 긴 뗏목을 끌고 강물을 따라 나아가는 것이 장관이었다.

"어디서 옵니까 - 아?"

그러자 뗏목 머리에 서서 긴 노를 비껴들고 앞만 보고 가던 빛바랜 인민복 차림의 사공이 대답했다.

"혜 - 에 - 산."

나는 다시 목청 높여 물었다.

| **압록강** | 우리는 차를 세우고 모두 강가에 서서 두 척의 뗏목이 강물을 따라 유유히 내려오는 모습을 하염없이 바라보았다. 강은 가르지 않고 막지 않았다.

"어디까지 갑니까 – 아?"
"이 – 임 – 강."

혜산에서 임강까지란다. 혜산에서 중강진까지가 아니고, 또 장백에서 임강까지가 아니고 북한의 혜산에서 중국의 임강까지라는 것이다. 신경림 선생의 시구처럼 강은 가르지 않고 막지 않았다.

이미지 출처

사진 제공

강인욱	293면
경기관광포털	45면
경기문화재단 29(오른쪽 아래)	43면
경기문화재연구원	57면
경향신문	212면
국립문화재연구원	20, 294~95, 303면
국립부산박물관	92면
국립생물자원관	106면
국립중앙도서관	72면
국립중앙박물관	11, 32, 99, 166, 171, 223, 240, 261~62, 273, 291면
국립해양박물관	88면
권성아	170면
김귀옥	317면
김득주	114면
김욱(지도)	68, 123, 174, 225면
눌와	115, 121, 141, 282(2번), 286(2번), 289면
동북아역사재단	194, 222, 264, 265, 268, 272, 274, 300면
동삼동패총전시관	66, 95, 96면
류미숙	155면
만월대 디지털 기록관	282(3,4번)면
문화재청	59, 65, 94, 99, 103, 109, 118(왼쪽 아래), 128, 133, 142, 145, 149, 160면
문화체육관광부	79면
박성진	251면
부산로컬리티아카이브	75면
부산복천박물관	97, 108면
부산시청	81면
北斗融媒	236면
신나라(일러스트)	42, 161, 228면
연천군청	18, 23, 28, 29(왼쪽 위·아래)면
연합뉴스	26, 310면

영도구청	80면
울산광역시	118(왼쪽·오른쪽 위)면
울산박물관	167(1번)면
울산시립미술관	167(2번)면
울산암각화박물관	158면
울산저널	150면
이두한	153면
장문기	176, 191, 219, 230, 232, 233(왼쪽, 오른쪽), 235, 246, 312, 318~19면
조선의오늘	282(1번)면
지역N문화포털	132면
크라우드픽	57(왼쪽·오른쪽 위, 오른쪽 아래), 106면
한국관광공사	167(3번)면
한국데이터베이스산업진흥원	61면
한국박물관연구소	167(4번)면
한국학중앙연구원	185, 187, 278, 288, 314면
호태왕의젊은시절	313면
홍성후	47면
(C)NARA	77면
alamy	82, 146~47, 162, 220, 253면
wikimedia commons	221면

유물 소장처

국립김해박물관	109면
국립제주박물관	99면
국립중앙박물관	11, 32, 99, 166, 171, 215, 223, 240, 261~62, 273, 291면
동삼동패총전시관	95면
동아대학교 석당박물관	86면
반구대포럼	125~26면
영남대학교 박물관	181면
울산대곡박물관	128, 130~32면
울산박물관	166면
전곡선사박물관	32, 34, 36~38면

* 위 출처 외의 사진은 저자 유홍준이 촬영한 것이다.

국토박물관 순례 1

선사시대에서 고구려까지

초판 1쇄 발행 2023년 11월 20일

지은이 / 유홍준
펴낸이 / 염종선
책임편집 / 박주용 김새롬
디자인 / 디자인 비따 김지선 노혜지
펴낸곳 / (주)창비
등록 / 1986년 8월 5일 제85호
주소 / 10881 경기도 파주시 회동길 184
전화 / 031-955-3333
팩시밀리 / 영업 031-955-3399 편집 031-955-3400
홈페이지 / www.changbi.com
전자우편 / nonfic@changbi.com

ⓒ 유홍준 2023
ISBN 978-89-364-8007-3 03810